© 2025
likeletters Verlag
Inh. Martina Meister
Legesweg 10
63762 Großostheim
www.likeletters.de
info@likeletters.de

Autorin: Alisa Kevano
Bildquelle: Chat GPT

ISBN: 9783689490386

Teilweise kam für dieses Buch künstliche Intelligenz zum
Einsatz.

BZSE
Liebe im Einsatz
Band 2
Unter Strom
Alisa Kevano

Inhaltsverzeichnis

Kapitel 1: Blackout

Dr. Thomas Voss war in seinem Element. Vier Monitore vor sich, drei Tastaturen griffbereit, eine Tasse kalter Kaffee, die er seit Stunden ignorierte. Seine Welt bestand aus Code-Zeilen, Algorithmen und der beruhigenden Logik binärer Systeme.

Hier, in seinem sterilen Büro im zweiten Stock der BZSE, umgeben von blinkenden Servern und dem leisen Summen der Klimaanlage, fühlte er sich sicher.

Bis um 14:23 Uhr an diesem Dienstagnachmittag sein geordnetes Universum erschüttert wurde.

Die roten Warnlampen im Kontrollraum der Cybersicherheitsabteilung blinkten wie ein Stroboskop. Das Stromnetz von Nordrhein-Westfalen war für exakt 47 Minuten zusammengebrochen. Kein Sturm, kein technisches Versagen, keine Überlastung. Ein gezielter Cyberangriff.

Thomas schob seine randlose Brille zurecht – die dritte Brille dieses Jahr, nachdem er die anderen beiden bei nächtlichen Programmier-Marathons zerbrochen hatte. Seine blassen, schlanken Finger tanzten über die Tastatur in einem Rhythmus, den seine Kollegen manchmal fasziniert, manchmal irritiert beobachteten. Für Thomas war es Meditation.

«Dr. Voss?» Dr. Viktoria Brandts Stimme schnitt durch seine Konzentration. «Status der forensischen Analyse?»

Thomas drehte sich in seinem Bürostuhl um – einem ergonomischen

Modell, das er nach wochenlanger Recherche ausgewählt hatte.

Dr. Brandt stand in der Tür, ihre Haltung straff, das Gesicht angespannt. Sie war einer der wenigen Menschen, vor denen Thomas sich nicht unwohl fühlte. Vielleicht, weil sie seine Eigenarten akzeptierte, ohne sie ändern zu wollen.

«Die Schadsoftware ist hochentwickelt, Dr. Brandt. Maßgeschneidert für die SCADA-Systeme des Kraftwerks Weisweiler.» Er schob sich eine Strähne seines unordentlichen braunen Haars aus der Stirn. «Aber hier ist das Interessante – der Code zeigt Spuren physischen Zugangs.»

«Wie meinen Sie das?»

«Jemand war vor Ort. Die Malware wurde nicht per remote installiert, sondern direkt an einem Terminal im Kraftwerk eingespielt.» Thomas drehte einen seiner Monitore zu ihr hin, seine Stimme wurde aufgeregt. In solchen Momenten vergaß er seine übliche soziale Unbeholfenheit. «Das bedeutet, wir haben einen Innentäter oder jemand mit legitimem Zugang.»

Dr. Brandt trat näher, ihre scharfen Augen scannten die Daten. «Wie viele Personen hatten in den letzten vier Wochen Zugang zu den kritischen Systemen?»

Thomas holte sein Tablet hervor – ein Gerät, das er mit Schutzfolie, verstärkter Hülle und einem speziellen Stylus ausgestattet hatte.

Seine Kollegen machten sich manchmal über seine Vorsichtsmaßnahmen lustig, aber Thomas vertraute nur Geräten, die er vollständig konfiguriert hatte.

«Laut den Sicherheitslogs 23 Personen. Techniker, Wartungspersonal, externe Dienstleister.» Seine Finger glitten über das Display in gewohnten Mustern. Plötzlich stoppte er, starrte auf einen Namen. «Moment mal.»

«Was ist es, Dr. Voss?»

«Kai Neumann. Industrieelektriker von der Firma ElektroTech Solutions.» Thomas' Stimme wurde leiser, konzentrierter – ein Zeichen, dass sein Gehirn auf Hochtouren lief. «Er war in den letzten sechs Wochen in vier verschiedenen Kraftwerken tätig – einschließlich Weisweiler.»

Er schob seine Brille höher auf die Nase, eine Geste, die bei ihm immer bedeutete, dass er etwas Wichtiges entdeckt hatte. «Das ist statistisch höchst unwahrscheinlich.»

Dr. Brandt trat näher an den Bildschirm. «Hintergrundcheck?»

«Läuft bereits.» Thomas wechselte zu einem anderen Monitor, seine Finger bewegten sich in den schnellen, präzisen Bewegungen eines Mannes, der mehr Zeit mit Tastaturen als mit Menschen verbrachte. «33 Jahre alt, in Aachen geboren, saubere Führung, spezialisiert auf Hochspannungsanlagen…» Er hielt inne, seine blassen Wangen röteten sich leicht. «Interessant. Er hat vor zwei Jahren für ein Unternehmen gearbeitet, das später wegen Industriespionage aufgeflogen ist. RK Engineering.»

«Das reicht. Bringen Sie ihn rein zur Befragung.»

Thomas nickte, spürte aber das vertraute Unbehagen in seinem Magen. Menschen befragen gehörte nicht zu

seinen Stärken. Er konnte stunden-
lang Code analysieren, Verschlüsselungen knacken, digitale Spuren ver-
folgen – aber ein Gespräch von
Angesicht zu Angesicht?

Das war ein Terrain, auf dem er sich
nie sicher fühlte.

«Soll ich Adrian dazu holen?», fragte
er hoffnungsvoll.

«Nein. Agent Schäfer ist noch im
Urlaub mit Herrn Bauer.» Dr. Brandt
lächelte kaum merklich. «Außerdem
ist das Ihr Fall, Dr. Voss. Zeit, dass
Sie mehr Feldarbeit machen.»

Thomas schluckte.

Feldarbeit bedeutete Menschen.
Menschen bedeuteten unberechen-
bare Variablen, emotionale Reaktionen, soziale Nuancen, die er oft
übersah oder falsch interpretierte.

Kai Neumann stand unter der
Dusche in seiner kleinen Aachener

Wohnung und ließ das heiße Wasser über seine müden Schultern laufen. Zwölf Stunden Arbeit in der Schaltanlage des Kraftwerks Niederaußem lagen hinter ihm – ein komplizierter Austausch veralteter Sicherheitsrelais, der höchste Konzentration erfordert hatte. Ein falscher Handgriff bei Hochspannung war der letzte Fehler, den man machte.

Er trocknete sich ab und betrachtete sich im beschlagenen Spiegel. 33 Jahre, und er sah älter aus, als er war. Die Arbeit mit Strom war körperlich anstrengend, aber das war nicht das Problem.

Das Problem waren die Blicke der Kollegen in letzter Zeit, die geflüsterten Gespräche, die verstummten, wenn er näher kam.

RK Engineering. Zwei Jahre her, und es verfolgte ihn immer noch.

Kai zog sich eine saubere Jeans und ein T-Shirt an – einfache, praktische Kleidung, die seiner bodenständigen Art entsprach. Er war nicht der Typ für teure Marken oder Show.

Seine Hände erzählten seine Geschichte: kräftig, mit kleinen Narben von jahrelanger Arbeit, aber gepflegt. Respekt vor dem Handwerk bedeutete auch Respekt vor den Werkzeugen – einschließlich der eigenen Hände.

Sein Handy klingelte, als er gerade eine Dose Bier aus dem Kühlschrank holte.

«Kai Neumann.»

«Herr Neumann? Hier spricht Frau Mueller von der Bundeszentrale für Sonderermittlungen. Dr. Voss möchte Sie gerne zu einem Gespräch treffen.»

Kai stutzte.

Bundeszentrale für Sonderermittlungen? Das war die Behörde, von der man munkelte, dass sie bei den wirklich schwierigen Fällen eingeschaltet wurde. «Worum geht es denn?»

«Das wird Dr. Voss Ihnen erklären. Könnten Sie heute noch vorbeikommen?»

Kai blickte auf die Uhr. 18:30.

Er war müde, wollte eigentlich nur sein Bier trinken und die Nachrichten schauen. Aber etwas in der Stimme der Frau ließ ihn ahnen, dass dies kein gewöhnlicher Termin war.

«Natürlich. Ich bin in einer Stunde da.»

Eine Stunde später saß Thomas in seinem akribisch organisierten Büro und wartete. Er hatte die Zeit genutzt, um alles über Kai Neumann herauszufinden, was öffentlich zugänglich war.

Drei Monitore zeigten verschiedene Datenbanken, Soziale Medien (spärlich genutzt), Berufsverlauf (solid), Referenzen (ausgezeichnet). Auf dem vierten Monitor lief eine Verhaltensanalyse-Software, die Thomas selbst programmiert hatte.

Er justierte seine Brille, ordnete die bereits perfekt ausgerichteten Stifte auf seinem Schreibtisch neu und überprüfte zum dritten Mal seine Notizen.

Menschen waren kompliziert. Code war einfach.

Es klopfte an der Tür.

«Herein.»

Die Tür öffnete sich, und Thomas' erste Reaktion war Überraschung. Kai Neumann sah nicht aus wie das Bild eines Cyberkriminellen, das

Thomas im Kopf hatte. Statt eines blassen Hackers mit schlechter Haltung stand ein Mann in der Tür, der Kompetenz und Bodenständigkeit ausstrahlte.

Kai war groß – deutlich größer als Thomas' eigene 1,75 Meter – und breitschultrig, mit der Art von muskulöser Statur, die durch körperliche Arbeit entstanden war, nicht im Fitnessstudio. Kurze braune Haare, ruhige grüne Augen und eine Ausstrahlung, die Thomas sofort nervös machte, weil sie so… normal war. So selbstsicher.

«Dr. Voss? Ich bin Kai Neumann.» Seine Stimme war tief und ruhig, mit einem leichten hessischen Akzent, der vertraut und beruhigend klang. «Ihre Assistentin sagte, Sie wollten mit mir sprechen?»

Thomas stand auf – zu schnell, stieß dabei mit dem Knie gegen den Schreibtisch.

«Äh, ja. Danke, dass Sie gekommen sind. Bitte, setzen Sie sich.»

Er reichte Kai die Hand und wurde sich bewusst, wie weich seine eigenen Hände waren im Vergleich zu Kais kräftigem Händedruck. Die Hände eines Mannes, der echte Arbeit verrichtete.

Kai nahm Platz und ließ seinen Blick durch das Büro wandern – die akribisch organisierten Bücherregale, die Sammlung von Rubiks Cubes auf einem Regal, die verschlüsselten Poster an den Wänden, die Thomas von Informatik-Konferenzen mitgebracht hatte.

«Beeindruckend», sagte Kai mit echter Bewunderung. «So sieht also das Büro eines Cybersicherheitsexperten aus. Die ganzen Monitore… können Sie wirklich gleichzeitig auf allen arbeiten?»

Thomas fühlte, wie seine Wangen heiß wurden. «Äh, ja. Es… es hilft bei der Effizienz. Multitasking.» Er räusperte sich, versuchte, professionell zu klingen. «Es geht um den Stromausfall in Nordrhein-Westfalen heute Mittag.»

Kais Gesicht wurde ernst. «Davon habe ich gehört. Schrecklich. Ist jemand zu Schaden gekommen?»

«Glücklicherweise nicht. Aber es war ein gezielter Angriff.» Thomas öffnete eine Akte auf seinem Schreibtisch. «Sie waren in den letzten Wochen in mehreren Kraftwerken tätig, einschließlich Weisweiler, wo der Angriff stattfand.»

«Das stimmt. Wartungsarbeiten an den Schaltanlagen.» Kai beugte sich leicht vor. «Warten Sie – denken Sie etwa, ich hätte etwas damit zu tun?»

Thomas studierte Kais Gesicht. Überraschung, ja. Aber auch… Verletztheit?

«Wir müssen alle Möglichkeiten in Betracht ziehen. Können Sie mir genau sagen, was Sie in Weisweiler gemacht haben?»

Kai atmete tief durch.

«Natürlich. Ich habe an der Hauptschaltanlage gearbeitet – Austausch veralteter Relais in Sektor C. Die Arbeit dauerte drei Tage, vom 12. bis 14. dieses Monats.» Er zog sein Handy heraus. «Ich dokumentiere immer alles. Hier sind die Fotos.»

Thomas nahm das Handy entgegen und scrollte durch die Bilder. Detaillierte Auf-nahmen von Schaltschränken, Kabeln, Relais – alles

ordentlich dokumentiert mit Zeit-
stempel. «Das ist sehr… gründlich.»

«Ich bin gerne gründlich. Strom ver-
zeiht keine Schlamperei.» Kai
lächelte leicht. «Ein Fehler kann
Leben kosten.»

«Sie haben auch für RK Engineering
gearbeitet.»

Kais Lächeln verschwand. «Ja. Bis
ich herausfand, dass sie nicht ganz
legal arbeiteten. Deshalb bin ich
gegangen, bevor die Razzia kam.»
Er sah Thomas direkt an. «Prüfen Sie
das ruhig nach. Meine Kündigung
ist zwei Wochen vor der Verhaftung
datiert.»

Thomas machte sich eine Notiz. Die
Offenheit überraschte ihn.

Die meisten Menschen wurden
defensiv, wenn man ihre Vergangenheit hinterfragte.

«Können Sie mir die Sicherheits-protokolle in den Kraftwerken erklären? Wie schwer wäre es, Zugang zu den Computersystemen zu bekommen?»

Kai dachte nach.

«Als Elektriker? Eigentlich unmöglich. Wir arbeiten an der Hardware – Kabel, Schalter, Relais. Die IT-Systeme sind in separaten, gesicherten Räumen. Dort kommen wir gar nicht rein.»

«Aber Sie verstehen, wie die Systeme funktionieren?»

Kai lehnte sich zurück. «Dr. Voss, darf ich Sie etwas fragen?»

Thomas nickte, obwohl ihn die Rollenumkehr nervös machte.

«Sie glauben wirklich, ich könnte so etwas tun? Einen Blackout verursachen, der Menschen gefährdet?»

Die Frage war direkt, aber nicht anklagend. Thomas betrachtete Kais Gesicht – die ruhigen grünen Augen, die aufrichtige Sorge. Seine analytische Seite sagte ihm, dass Verdächtige oft charmant und überzeugend wirkten. Aber da war etwas in Kais Art, das sich echt anfühlte.

«Ich… ich muss alle Möglichkeiten prüfen», sagte er schließlich.

«Das verstehe ich. Aber lassen Sie mich Ihnen helfen.»

«Wie meinen Sie das?»

Kai beugte sich vor, seine Stimme wurde eindringlicher.

«Wenn jemand diese Angriffe durchführt, kennt er sich sowohl mit IT als auch mit Elektrotechnik aus. Das ist selten. Die meisten Hacker verstehen nicht, wie Strom wirklich funktioniert, und die meisten Elektriker sind keine Computerspezialisten.»

Thomas nickte langsam.

Das stimmte. Die Schadsoftware zeigte ein tiefes Verständnis für beide Bereiche.

«Ich kenne die Kraftwerke», fuhr Kai fort. «Ich weiß, wo die Schwachstellen sind, wie die Systeme zusammenhängen. Wenn Sie wirklich den Täter fangen wollen…» Er zögerte. «Vielleicht brauchen Sie jemanden wie mich.»

Thomas starrte ihn an. War das ein Schuldeingeständnis? Ein Ablenkungsmanöver? Oder ein ehrliches Angebot?

«Sie bieten an, bei den Ermittlungen zu helfen?»

«Ja. Als Berater. Ich will nicht, dass so etwas noch einmal passiert.» Kais Augen wurden hart. «Strom ist lebensnotwendig. Wer das als Waffe benutzt, gefährdet unschuldige Menschen.»

Thomas' Telefon klingelte. Dr. Brandt.

«Entschuldigen Sie mich.» Er hob ab. «Ja?»

«Thomas, wir haben ein Problem. Ein weiterer Angriff, diesmal in Bayern. Kraftwerk Gundremmingen. Wie weit sind Sie mit Neumann?»

Thomas blickte zu Kai, der höflich wegsah, um dem Gespräch nicht zu lauschen. «Noch nicht abgeschlossen.»

«Bringen Sie ihn mit nach Gundremmingen. Wenn er unschuldig ist, kann er helfen. Wenn er schuldig ist, wollen wir ihn in der Nähe haben. Halten Sie den Nachtschlaf kurz und fahren Sie morgen früh direkt los.»

«Verstanden.»

Thomas legte auf und sah Kai an, der ihn erwartungsvoll betrachtete.

«Es gab einen zweiten Angriff», sagte Thomas. «In Bayern.»

Kais Gesicht wurde blass. «Mein Gott. Wann?»

«Vor einer Stunde.» Thomas atmete tief durch. Das ging gegen alle seine Instinkte – einem Verdächtigen zu vertrauen. Aber Dr. Brandt hatte recht. Sie brauchten jemanden, der beide Welten verstand. «Herr Neumann… Kai… würden Sie mit mir nach Gundremmingen fahren? Als Berater?»

Kai stand sofort auf.

«Wann fahren wir?»

«Morgen früh.»

«Ich bin dabei.» Kai ging zur Tür, dann drehte er sich um. «Dr. Voss? Thomas?»

«Ja?»

«Wir werden den Kerl kriegen. Versprochen.»

Nach Kais Abgang saß Thomas allein in seinem Büro und starrte auf die Akten vor sich.

Zum ersten Mal seit Jahren hatte er eine Entscheidung getroffen, die nicht auf Daten basierte, sondern auf einem Gefühl. Das machte ihm Angst.

Aber als er an Kais ruhige Entschlossenheit dachte, spürte er auch etwas anderes – eine ungewohnte Vorfreude auf das, was kommen würde.

Er schob seine Brille zurecht und begann zu packen.

Grundmemmingen wartete, und mit ihm die Antworten, die sie brauchten.

Kapitel 2: Auf dem Weg

Thomas starrte auf seinen gepackten Koffer und fragte sich zum dritten Mal, ob er genug Ersatzbrillen eingepackt hatte. Zwei Paar lagen bereits drin, aber bei Außeneinsätzen passierte immer etwas Unvorhergesehenes.

Seine Hände zitterten leicht – eine Mischung aus Koffein und Nervosität.

Das Bürotelefon klingelte.

«Dr. Voss? Unten wartet ein Kai Neumann auf Sie.»

Thomas blickte auf die Uhr. 6.30. Neumann war pünktlich. Natürlich war er das.

«Ich komme gleich runter.»

Er schnappte sich seinen Laptop, die Aktentasche und den Koffer.

Im Aufzug betrachtete er sein Spiegelbild in der polierten Metalltür. Blass, müde, die Haare unordentlich. Er fuhr sich hastig durch die braunen Strähnen, aber das machte es nur schlimmer.

Die Aufzugtüren öffneten sich, und Thomas sah Kai sofort. Er stand neben dem Sicherheitsschalter und unterhielt sich entspannt mit dem Pförtner, ein großer Werkzeugkoffer neben sich. Als er Thomas erblickte, hellte sich sein Gesicht auf.

«Dr. Voss! Bereit für die Fahrt?»

Kai trug eine saubere dunkelblaue Jeans und ein graues Poloshirt, darüber eine schwarze Softshell-Jacke.

Praktisch, funktional, aber irgendwie… gut aussehend.

Thomas spürte, wie seine Wangen warm wurden.

«Äh, ja. Bereit.» Thomas hielt seinen Koffer hoch, als müsse er beweisen, dass er tatsächlich gepackt hatte.

«Soll ich den nehmen?» Kai griff bereits nach dem Koffer, bevor Thomas antworten konnte. Ihre Finger berührten sich kurz am Griff, und Thomas zuckte überrascht zusammen.

«Entschuldigung», murmelte er.

Kai lächelte sanft.

«Alles in Ordnung. Fahren wir mit meinem Wagen oder haben Sie einen Dienstwagen?»

«Ich… äh…» Thomas hatte gar nicht daran gedacht. Er fuhr normalerweise nicht zu Außeneinsätzen. «Ich habe keinen Führerschein.»

Kai blinzelte überrascht.

«Wirklich?»

«Ich lebe in der Stadt. Öffentliche Verkehrsmittel sind effizienter und…» Thomas brach ab, als er Kais Gesichtsausdruck sah. Nicht spöttisch, nur… interessiert.

«Kein Problem. Mein Wagen ist groß genug für uns beide und die Ausrüstung.»

Sie verließen das Gebäude, und Kai führte ihn zu einem silbernen Ford Mondeo Kombi. Ein Arbeitsfahrzeug, sauber aber gebraucht, mit einem Werkzeugkasten im Kofferraum und Sicherheitswesten auf der Rückbank.

«Nicht gerade ein Sportwagen», sagte Kai entschuldigend, während er Thomas' Koffer verstaute. «Aber zuverlässig.»

Thomas stieg auf der Beifahrerseite ein und war überrascht, wie aufgeräumt das Innere war. Keine Fastfood-Verpackungen oder Krimskrams, nur ein Navigationssystem und eine Wasserflasche im Getränkehalter. Es roch nach Leder und einem dezenten Aftershave.

«Gundremmingen sind etwa 350 Kilometer», sagte Kai, während er das Navi programmierte. «Bei der Verkehrslage werden wir etwa vier Stunden brauchen.»

Vier Stunden. In einem Auto. Mit Kai. Thomas spürte, wie sich sein Magen zusammenzog.

Kai startete den Motor und lenkte den Wagen aus dem Parkplatz. «Haben Sie schon mal ein Kernkraftwerk von innen gesehen?»

«Nein.» Thomas starrte aus dem Fenster, während sie durch Frankfurt fuhren. «Ich arbeite normalerweise via remote. Digitale Forensik erfordert selten… physische Anwesenheit.»

«Das wird interessant für Sie. Gundremmingen ist beeindruckend – eines der modernsten Kernkraftwerke in Deutschland. Die Sicherheitssysteme sind absolut hochentwickelt.»

Thomas warf ihm einen Seitenblick zu. «Sie kennen das Kraftwerk?»

«Ich war dort schon öfter. Wartungsarbeiten an den Notstromaggregaten.» Kai wechselte auf die Autobahn, seine Bewegungen waren ruhig und sicher. «Deshalb bin ich ja so verwirrt über diese Angriffe. Die IT-Systeme dort sind praktisch unzugänglich.»

«Praktisch. Aber nicht unmöglich.»

«Nein, nicht unmöglich.» Kai blickte kurz zu ihm hinüber. «Sagen Sie, Dr. Voss… glauben Sie wirklich, dass ich der Täter sein könnte?»

Die direkte Frage traf Thomas unvorbereitet. «Ich… die Beweise zeigen ein Muster…»

«Das ist nicht das, was ich gefragt habe.» Kais Stimme war ruhig, aber bestimmt. «Ich frage Sie: Was glauben Sie? Ihr Bauchgefühl?»

Thomas räusperte sich. Bauchgefühl war nicht sein Ding. «Statistisch gesehen… »

«Vergessen Sie die Statistik. Was sagt Ihnen Ihr Instinkt?»

Thomas starrte auf seine Hände. Was sagte ihm sein Instinkt? Dass Kai ehrlich wirkte? Dass seine Sorge um die Kraftwerke echt schien? Dass er sich in seiner Gegenwart seltsam entspannt fühlte, trotz allem?

«Ich glaube nicht, dass Sie ein Terrorist sind», sagte er schließlich leise.

Kai lächelte – das erste echte Lächeln, seit sie sich kennengelernt hatten. «Danke. Das bedeutet mir mehr, als Sie denken.»

Sie fuhren eine Weile schweigend. Thomas beobachtete verstohlen, wie sicher Kai den Wagen lenkte, wie seine Hände am Lenkrad lagen – kräftig, aber nicht verkrampft. Es war beruhigend.

«Darf ich Sie etwas fragen?», sagte Kai schließlich.

Thomas nickte nervös.

«Warum sind Sie Cybersicherheits-experte geworden? Ich meine, es ist offensichtlich, dass Sie brillant sind, aber… was hat Sie dazu gebracht?»

Die Frage war persönlicher, als Thomas erwartet hatte. «Ich… Mathematik und Informatik waren schon immer einfach für mich. Logisch. Berechenbar.» Er zögerte. «Menschen sind… kompliziert.»

«Und Computer nicht?»

«Computer lügen nicht. Sie haben keine versteckten Motive oder emotionalen Reaktionen.» Thomas schob seine Brille höher. «Wenn ein System nicht funktioniert, gibt es einen logischen Grund dafür. Man kann das Problem finden und lösen.»

Kai nickte nachdenklich. «Ich verstehe das. Bei der Elektrotechnik ist es ähnlich. Strom fließt nach Gesetzen. Wenn etwas nicht funktioniert, gibt es immer eine Ursache.»

«Genau.» Thomas spürte eine unerwartete Verbindung. «Sie verstehen das.»

«Aber Menschen sind trotzdem wichtig», fügte Kai sanft hinzu. «Auch wenn sie kompliziert sind.»

Thomas schwieg.

Das war das Problem, nicht wahr?

Menschen waren wichtig, aber er verstand sie nicht. Nie gewusst, was er sagen sollte, wie er sich verhalten sollte. Deshalb verbrachte er seine Nächte mit Code statt mit Menschen.

«Was ist mit Ihnen?», fragte er, um das Thema zu wechseln. «Warum Elektriker?»

Kai lächelte. «Mein Vater war Elektriker. Und sein Vater auch. Familientradition.» Er wechselte auf die mittlere Spur, um einen Lkw zu überholen. «Aber ehrlich gesagt… ich mag es, Dinge zum Laufen zu bringen. Ein Kraftwerk ohne Strom zu reparieren, eine Stadt wieder mit Energie zu versorgen… das hat was.»

«Sie helfen Menschen.»

«Ja. Das ist wichtig für mich.» Kai warf ihm einen Blick zu. «Deshalb macht mich das hier so wütend. Wer auch immer das tut, gefährdet unschuldige Menschen. Strom ist lebensnotwendig – Krankenhäuser, Altenheime, Menschen mit Beatmungsgeräten zu Hause… »

Die Leidenschaft in Kais Stimme war echt. Thomas spürte es. Das war kein Akt, keine Manipulation. Kai meinte es ernst.

«Erzählen Sie mir von den Kraftwerken», sagte Thomas impulsiv. «Wo könnten die Schwachstellen sein?»

Kai wurde sofort professionell.

«Das kommt darauf an. Moderne Kraftwerke haben mehrere Sicherheitsebenen. Die kritischen Systeme sind normalerweise luftdicht von externen Netzwerken getrennt.»

«Air Gap», nickte Thomas.

«Genau. Aber…» Kai zögerte. «Es gibt immer Verbindungen. Wartungszugänge, Update-Schnittstellen, manchmal sogar Fernzugriff für Notfälle. Und da, wo Hardware und Software sich treffen, entstehen Schwachstellen.»

«Sie meinen die SCADA-Systeme?»

«Unter anderem. Aber auch die Schnittstellen zwischen alter analoger Technik und neuen digitalen Steuerungen.» Kai wurde lebhafter, als er über sein Fachgebiet sprach. «Viele Kraftwerke sind über Jahrzehnte gewachsen. Alte Systeme wurden erweitert, nicht ersetzt. Das schafft… wie soll ich sagen… Brücken.»

Thomas' Gehirn arbeitete auf Hochtouren. «Brücken, die jemand mit entsprechendem Wissen nutzen könnte.»

«Theoretisch, ja. Aber dafür müsste man beide Welten verstehen – die physische Elektrotechnik und die IT-Systeme.»

«Wie Sie.»

Kai warf ihm einen scharfen Blick zu. «Wie ich. Deshalb bin ich ja Ihr Hauptverdächtiger.»

«Deshalb brauchen wir Sie auch», sagte Thomas leise. «Sie verstehen, wie der Täter denkt.»

Sie erreichten eine Raststätte, und Kai bog ab.

«Pause? Ich brauche einen Kaffee, und Sie sehen aus, als könnten Sie auch einen gebrauchen.»

Thomas merkte erst jetzt, wie verkrampft er war. «Gute Idee.»

Die Raststätte war typisch deutsch – sauber, funktional, mit dem üblichen Sortiment an Würstchen und müdem Kaffee. Sie setzten sich an einen Tisch am Fenster, von wo aus sie die vorbeifahrenden Autos beobachten konnten.

«Darf ich Sie etwas Persönliches fragen?», sagte Kai, während er seinen Kaffee umrührte.

Thomas verspannte sich.

«Was denn?»

«Leben Sie allein?»

Die Frage war so einfach, aber Thomas spürte, wie seine Wangen brannten.

«Ja. Ich… Beziehungen sind schwierig für mich.»

«Warum?»

«Ich bin nicht gut mit Menschen.» Thomas starrte in seinen Kaffee. «Ich verstehe die… Signale nicht. Die unausgesprochenen Dinge. Die Spielchen.»

Kai nickte verstehend.

«Ich mag auch keine Spielchen. Ich bin eher der direkte Typ.»

«Das habe ich bemerkt.» Thomas blickte auf. «Es ist… erfrischend.»

«Erfrischend?»

«Die meisten Menschen sagen nicht, was sie meinen. Sie sprechen in Andeutungen und erwarten, dass man zwischen den Zeilen liest.» Thomas schob seine Brille zurecht. «Das ist anstrengend.»

«Für mich auch.» Kai lächelte. «Deshalb bin ich Single. Die meisten erwarten… mehr Romantik. Blumen, Überraschungen, emotionale Gespräche bis tief in die Nacht.»

«Mögen Sie keine emotionalen Gespräche?»

«Doch, schon. Aber echte. Nicht diese… Performance.» Kai machte eine vage Handbewegung. «Wissen Sie, was ich meine?»

Thomas nickte heftig.

«Ja. Ja, das weiß ich.»

Sie saßen einen Moment schweigend da, beide in Gedanken versunken. Thomas bemerkte, wie die Anspannung zwischen ihnen nachließ. Es war das erste Mal seit langem, dass er sich mit jemandem so… verstanden fühlte.

«Wir sollten weiter», sagte Kai schließlich. «Gundremmingen wartet.»

Zurück im Auto fühlte sich die Atmosphäre anders an. Weniger angespannt, vertrauter.

Thomas ertappte sich dabei, wie er Kai beobachtete – die Art, wie er schaltete, wie er die Spiegel überprüfte, die kleine Narbe an seinem linken Handrücken.

«Wie sind Sie zu der Narbe gekommen?», fragte er impulsiv.

Kai blickte kurz auf seine Hand. «Lehrjahr. Habe bei einer Reparatur nicht aufgepasst und bin an eine scharfe Kante gekommen.» Er grinste. «Mein Meister hat gesagt, jeder gute Arbeiter hat Narben. Sie erzählen Geschichten.»

«Was erzählt diese?»

«Dass man auch aus Fehlern lernen kann. Und dass Vorsicht wichtiger ist als Geschwindigkeit.»

Thomas betrachtete seine eigenen Hände – weich, narbenlos, die Hände eines Mannes, der nie wirklich körperlich gearbeitet hatte.

«Ich habe keine Narben.»

«Sie haben andere Spuren», sagte Kai sanft. «Die sieht man nur nicht so leicht.»

Die Bemerkung traf Thomas unvorbereitet.

Was für Spuren?

Die schlaflosen Nächte vor dem Computer?

Die sozialen Ängste?

Die Einsamkeit?

«Was für Spuren?», fragte er leise.

Kai war einen Moment still.

«Die Art, wie Sie sich bewegen – vorsichtig, als würden Sie erwarten, dass etwas schiefgeht. Die Art, wie Sie Ihre Brille berühren, wenn Sie nervös sind. Die Art, wie Sie manchmal aussehen, als wären Sie überrascht, wenn jemand nett zu Ihnen ist.»

Thomas schluckte. War er so durchschaubar?

«Es ist nicht schlimm», fügte Kai schnell hinzu. «Es ist nur… Sie wirken, als hätten Sie nicht oft genug gehört, dass Sie in Ordnung sind, so wie Sie sind.»

Die Worte trafen Thomas wie ein Schlag.

Hatte er das?

Wann hatte ihm zuletzt jemand gesagt, dass er in Ordnung war?

Seine Kollegen respektierten seine Fähigkeiten, Dr. Brandt schätzte seine Arbeit, aber das war nicht dasselbe, oder?

«Tut mir leid», sagte Kai. «Das war zu persönlich.»

«Nein, es… es ist in Ordnung.» Thomas' Stimme war kaum hörbar. «Niemand hat mir das je gesagt.»

Sie fuhren die nächsten Kilometer schweigend. Thomas starrte aus dem Fenster und dachte über Kais Worte nach. War er wirklich so offensichtlich? So… bedürftig?

«Da vorne ist die Ausfahrt», sagte Kai schließlich und unterbrach seine Grübeleien.

Thomas sah auf.

In der Ferne ragten die Kühltürme des Kernkraftwerks Gundremmingen in den Abendhimmel. Massive Betonkonstruktionen, die Dampf in die Luft bliesen – ein Symbol für die Macht der Technologie.

«Beeindruckend», murmelte er.

«Warten Sie, bis Sie es von innen sehen.» Kai lenkte den Wagen zur Zufahrt. «Dann verstehen Sie erst, warum diese Angriffe so beunruhigend sind.»

Am Haupttor warteten bereits Sicherheitsbeamte und ein Mann in einem dunklen Anzug – vermutlich der Werksleiter. Thomas spürte, wie die vertraute Nervosität zurückkehrte. Gleich würde er wieder funktionieren müssen, professionell sein, die richtigen Fragen stellen.

Aber als Kai den Motor abstellte und sich zu ihm umdrehte, lächelte er ermutigend.

«Bereit, Dr. Voss?»

Thomas nickte, und zum ersten Mal seit langem fühlte er sich nicht allein vor einer schwierigen Aufgabe. Er hatte einen Partner – jemanden, der ihn verstand, der seine Schwächen kannte und ihn trotzdem akzeptierte.

Kapitel 3: Im Kraftwerk

«Dr. Voss? Ich bin Kraftwerksleiter Heinrich Müller.» Der Mann im dunklen Anzug streckte Thomas die Hand entgegen. «Wir sind froh, dass die BZSE so schnell reagiert hat.»

Thomas schüttelte die angebotene Hand und versuchte, professionell zu klingen. «Danke für Ihre Kooperation. Das ist mein Berater, Kai Neumann.»

Müller nickte Kai zu. «Herr Neumann, Sie waren schon mal hier, richtig? Bei den Wartungsarbeiten im Frühjahr?»

«Ja, an den Notstromaggregaten.» Kai wirkte völlig entspannt. «Wie schlimm war der Schaden heute?»

«Folgen Sie mir.» Müller führte sie durch mehrere Sicherheitsschleusen. «Glücklicherweise konnten wir den

Angriff nach sieben Minuten stoppen. Aber diese sieben Minuten…»

Thomas bemerkte, wie angespannt der Kraftwerksleiter war. «Was genau ist passiert?»

«Die Kühlsysteme von Block B wurden deaktiviert. Für ein Kernkraftwerk ist das…» Müller schüttelte den Kopf. «Wir hatten Notfallprozeduren eingeleitet. Wenn wir nicht so schnell reagiert hätten…»

Kai pfiff leise. «Das ist kein Spiel mehr. Das ist versuchter Mord.»

Sie erreichten die Leitwarte – ein großer Raum voller Monitore, Schalttafeln und nervöser Techniker. Thomas' Augen weiteten sich. So viele Bildschirme, so viele blinkende Lichter. Es war wie sein Büro, nur hundertmal größer.

«Hier wurde der Angriff gestartet», sagte Müller und deutete auf eine

Workstation in der Ecke. «Terminal C7. Unser IT-Leiter hat es sofort vom Netz genommen.»

Thomas näherte sich dem Computer, zog Handschuhe an und öffnete seinen Laptop. «Ich brauche eine saubere Netzwerkverbindung und Zugang zu Ihren Logs.»

«Selbstverständlich.» Müller wandte sich an einen Techniker. «Herr Schmidt, helfen Sie Dr. Voss mit allem, was er braucht.»

Während Thomas seine Analysesoftware startete, beobachtete Kai die Umgebung. «Herr Müller, wo genau liegt Terminal C7 im Netzwerk? Welche Systeme kann man von dort aus erreichen?»

«Theoretisch nur die Überwachungssysteme. Keine kritischen Steuerungen.» Müller zog ein Tablet hervor. «Aber irgendwie hat der

Angreifer trotzdem Zugang zu den Kühlsystemen bekommen.»

Thomas hörte mit halbem Ohr zu, während er die ersten Daten analysierte. Der Angriff war elegant – viel durchdachter als der erste.

«Kai, können Sie sich das mal ansehen?»

Kai trat neben ihn, und Thomas spürte seine Wärme. «Was haben Sie gefunden?»

«Die Malware nutzt eine Brücke zwischen dem Überwachungsnetzwerk und der Steuerungsebene.» Thomas deutete auf den Code. «Sehen Sie das? Diese Funktion sollte eigentlich nicht existieren.»

Kai beugte sich näher über den Bildschirm, seine Schulter berührte Thomas'. «Das ist ein Wartungszugang. Für Notfälle.»

«Ein versteckter Zugang?»

«Nicht versteckt. Nur… nicht dokumentiert.» Kai runzelte die Stirn. «Manche älteren Systeme haben solche Brücken. Für den Fall, dass die Hauptsteuerung ausfällt.»

Thomas spürte Aufregung in sich aufsteigen. «Wer würde von so etwas wissen?»

«Jemand, der das System installiert hat. Oder…» Kai verstummte.

«Was?»

«Jemand, der bei den Wartungsarbeiten Zugang zu den technischen Dokumenten hatte.»

Müller trat näher. «Sie meinen, es war jemand aus unserem Team?»

«Oder jemand, der Zugang zu Ihren Unterlagen hatte.» Thomas sah zu Kai. «Wie viele externe Firmen arbeiten hier?»

«Dutzende. Wartung, Reparaturen, Updates…» Müller seufzte. «Wir

können nicht alle ständig überwachen.»

Thomas arbeitete weiter, seine Finger flogen über die Tastatur. Nach einer halben Stunde hatte er ein klareres Bild. «Der Angreifer kannte das System sehr gut. Zu gut für einen Außenstehenden.»

«Was schlagen Sie vor?», fragte Müller.

«Ich brauche eine Liste aller Personen, die in den letzten sechs Monaten Zugang zu den technischen Unterlagen hatten.» Thomas schob seine Brille hoch. «Und alle Wartungsprotokolle.»

«Das werden hunderte Namen sein.»

«Dann haben wir viel Arbeit vor uns.» Thomas blickte zu Kai. «Können Sie mir dabei helfen? Sie verstehen die technischen Aspekte besser als ich.»

Kai nickte.

«Natürlich.»

Müller führte sie zu einem kleinen Besprechungsraum. «Sie können hier arbeiten. Ich lasse Ihnen alle Unterlagen bringen.»

Als sie allein waren, ließ sich Thomas in einen Stuhl fallen. «Das wird Tage dauern.»

«Nicht unbedingt.» Kai setzte sich ihm gegenüber. «Ich kenne die meisten Wartungsfirmen. Wir können die Liste eingrenzen.»

«Wie?»

«Nicht jede Firma hat Zugang zu den kritischen Systemen. Nur spezialisierte Unternehmen arbeiten an Nuklearanlagen.» Kai holte sein Handy hervor. «Ich habe Kontakte in der Branche.»

Thomas beobachtete, wie Kai telefonierte – ruhig, professionell, aber mit der Direktheit, die er an ihm schätzte. Es war beruhigend, nicht allein zu sein bei dieser Aufgabe.

«Okay», sagte Kai nach dem dritten Gespräch. «Ich habe die Liste auf fünf Firmen eingegrenzt. Alle haben in den letzten Monaten sowohl in Weisweiler als auch hier gearbeitet.»

Thomas fühlte sich plötzlich energiegeladener. «Das ist machbar. Können Sie mir die Namen geben?»

Kai schrieb sie auf ein Blatt Papier. Thomas startete sofort seine Suchprogramme, um die Firmen zu überprüfen.

«Aha.» Er deutete auf den Bildschirm. «ElektroTech Solutions – Ihre Firma – ist dabei.»

«Das habe ich erwartet.» Kai wirkte nicht überrascht. «Wir sind spezialisiert auf Kraftwerks-Elektrik.»

«Noch jemand von Ihrer Firma hier?»

«Mein Kollege Marcus Weber war letzten Monat hier. Aber Marcus ist in Ordnung. Den kenne ich seit Jahren.»

Thomas notierte sich den Namen trotzdem. «Was ist mit den anderen Firmen?»

Müller kam herein und brachte Ihnen ein Mittagessen. Während des Essens war es still, beide waren in Gedanken bei den Unterlagen und den Daten.

Sie arbeiteten die nächsten zwei Stunden zusammen, verglichen Listen, überprüften Daten.

Thomas merkte, wie gut sie als Team funktionierten – er lieferte die

technische Analyse, Kai das praktische Wissen.

«Warten Sie.» Thomas starrte auf
seinen Bildschirm. «Diese Firma hier
– ‚Power Solutions GmbH‘. Die hat
nur sehr wenige Aufträge, aber alle
in kritischen Kraftwerken.»

Kai blickte über seine Schulter.
«Kenne ich nicht. Ist das verdächtig?»

«Vielleicht.» Thomas grub tiefer.
«Gegründet vor acht Monaten.
Geschäftsführer…» Er hielt inne.
«Stefan Reichert.»

«Nie gehört.»

«Aber schauen Sie hier.» Thomas
öffnete ein anderes Fenster. «Stefan
Reichert war früher Angestellter bei
RK Engineering.»

Kai wurde blass. «RK Engineering?
Das ist die Firma, für die ich
gearbeitet habe.»

«Die wegen Industriespionage geschlossen wurde.»

«Mein Gott.» Kai lehnte sich zurück. «Glauben Sie, das ist unser Mann?»

Thomas' Puls beschleunigte sich. «Es würde Sinn machen. Er kennt Sie, weiß von Ihrer Vergangenheit bei RK. Perfekt, um Sie als Sündenbock zu benutzen.»

«Aber warum? Was will er erreichen?»

«Das müssen wir herausfinden.» Thomas griff nach seinem Handy. «Ich rufe Dr. Brandt an. Wir brauchen mehr Informationen über Stefan Reichert.»

Während Thomas telefonierte, ging Kai nervös im Raum auf und ab. Als Thomas auflegte, sah er besorgt aus.

«Und?»

«Dr. Brandt lässt Reichert suchen. Wir haben von der BZSE Zimmer

gebucht bekommen für die Nacht. Haben Sie Wechselkleidung dabei? »
Kai nickte.

«Es war ja abzusehen, dass es länger dauern könnte, ich habe entsprechend gepackt.»

Kapitel 4: Eine Spur

Sie aßen eine Kleinigkeit zu Abend und gingen dann jeder auf sein Zimmer.

Kai wälzte sich ein paar Mal im Bett hin und her und fiel dann in einen unruhigen Schlaf. Nach wenigen Stunden wachte er wieder auf und begann, im Zimmer auf und ab zu laufen.

Er hörte Geräusche im Zimmer nebenan und schaute auf sein Handy. Vier Uhr morgens.

Ob Thomas auch wach war?

Leise ging er in den Flur und klopfte an die Tür.

Sie wurde zügig geöffnet. Thomas' Haare standen ungekämmt vom Kopf ab, sein Hemd war noch offen, doch sein Blick war wachsam.

«Können Sie auch nicht schlafen?», fragte er und öffnete die Tür ein bisschen weiter, um Kai reinzulassen.

«Ja, das Ganze lässt mir einfach keine Ruhe.» Kai schielte vorsichtig auf Thomas' Brustmuskeln, als dieser sein Hemd wieder zuknöpfte.

«Für einen Computernerd sind Sie ganz schön in Form.»

Man sah Thomas die Verlegenheit sofort an. Süß, wie ihm das Blut in die Wangen schoss…

«Training. Mein Kollege Adrian besteht darauf, dass ich mit ihm trainiere.»

Kai überlegte. Ob Thomas und dieser Adrian… Thomas' Handy klingelte. Dr. Brandts Name leuchtete auf dem Display.

«Dr. Brandt?»

«Dr. Voss, wir haben Neuigkeiten zu Stefan Reichert.» Ihre Stimme klang angespannt. «Er ist verschwunden – die Adresse in seinen Unterlagen führt zu einem leeren Bürogebäude. Falsche Identität.»

Thomas tauschte einen besorgten Blick mit Kai. «Haben Sie seine wahre Identität herausgefunden?»

«Ja. Stefan Reichert ist ein Alias. Sein echter Name ist Erik Paulsen.» Dr. Brandts Stimme wurde härter. «Industriespionage, Computerbetrug, und vor fünf Jahren war er an einem Anschlag auf ein französisches Kraftwerk beteiligt. Ein Techniker kam dabei ums Leben.»

Thomas spürte, wie sich sein Magen zusammenzog. «Er ist also bereit zu töten.»

«Es wird noch schlimmer. Vor einer Stunde gab es einen dritten Angriff –

Kraftwerk Philippsburg. Dieselbe Handschrift, noch aggressiver.» Dr. Brandt pausierte. «Dr. Voss, ich schicke Ihnen Verstärkung. Ein Spezialteam ist bereits unterwegs.»

«Wie lange brauchen sie?»

«Zwei Stunden. Bis dahin setzen Sie Ihre Arbeit fort, aber seien Sie vorsichtig. Paulsen wird immer unberechenbarer.»

Die Leitung wurde unterbrochen. Thomas starrte auf sein Handy.

«Drei Angriffe», murmelte Kai. «Er beschleunigt das Tempo.»

«Was bezweckt er damit?» Thomas begann, im Raum auf und ab zu gehen. «Warum so viele Kraftwerke, so schnell hintereinander?»

Kai runzelte die Stirn. «Vielleicht testet er etwas. Oder…» Seine Augen weiteten sich. «Thomas, was, wenn das alles nur Tests waren?»

«Tests wofür?»

«Für einen großen Angriff. Mehrere Kraftwerke gleichzeitig.» Kai stand auf, seine Stimme wurde eindringlich. «Stellen Sie sich vor – wenn er das Stromnetz von ganz Süddeutschland lahmlegt…»

Thomas fühlte sich plötzlich kalt. «Das wäre eine Katastrophe.»

«Millionen Menschen ohne Strom. Krankenhäuser, Altenheime, Verkehrssysteme… Wir müssen ihn finden, bevor er zuschlägt.»

«Aber wo? Er könnte überall sein.»

«Nein.» Kai schüttelte den Kopf. «Für einen koordinierten Angriff braucht er eine zentrale Position. Irgendwo, wo er mehrere Kraftwerke gleichzeitig überwachen kann.»

Thomas' analytisches Gehirn schaltete in den Overdrive.

«Ein Knotenpunkt im Netz. Aber wo?»

«Ich habe eine Idee.» Kai holte sein Handy hervor. «Kraftwerk Neckarwestheim. Es ist alt, aber strategisch wichtig – von dort aus wird ein Großteil der süddeutschen Netzstabilität koordiniert.»

«Das ist Spekulation.»

«Nicht ganz.» Kai zeigte ihm sein Display. «Ich habe eben die Einsatzpläne überprüft. Marcus Weber – mein Kollege von ElektroTech – arbeitet heute Nachtschicht in Neckarwestheim.»

Thomas erinnerte sich an den Namen. «Der Mann, von dem Sie sagten, er sei in Ordnung?»

«Ja. Aber Marcus hat Schulden, seine Ehe ist gescheitert.» Kais Stimme wurde bitter. «Wenn Paulsen ihm genug Geld geboten hat für Insider-Informationen…»

«Das ist immer noch Spekulation.»

«Dann lassen Sie uns spekulieren gehen.» Kai war bereits an der Tür. «Thomas, wir haben keine Zeit. Wenn ich recht habe, schlägt Paulsen heute früh zu.»

Thomas griff nach seinem Handy. «Ich rufe Dr. Brandt an. Sie muss das Spezialteam nach Neckarwestheim umleiten.»

«Gute Idee.»

Thomas wählte Dr. Brandts Nummer.

«Dr. Brandt? Wir haben möglicherweise Paulsens nächstes Ziel identifiziert. Kraftwerk Neckarwestheim.»

«Erklären Sie.»

Thomas fasste Kais Theorie zusammen – Marcus Weber, die strategische Bedeutung von Neckarwestheim, die Möglichkeit eines koordinierten Großangriffs.

Dr. Brandt schwieg einen Moment.

«Das ist spekulativ, Dr. Voss.»

«Ja, aber es ist unsere beste Spur.»

«In Ordnung. Ich schicke das Spezialteam nach Neckarwestheim. Sie fahren ihnen voraus und kundschaften die Lage aus. Aber Dr. Voss – kein Alleingang. Warten Sie auf Verstärkung, bevor Sie eingreifen.»

«Verstanden.»

«Das Team braucht etwa zwei Stunden bis Neckarwestheim. Halten Sie mich auf dem Laufenden.»

Sie verließen das Hotel. Thomas hinterließ bei Müller eine Nachricht, dass sie einer dringenden Spur nachgingen.

«Neckarwestheim kenne ich gut», sagte Kai, während sie zu seinem Wagen gingen. «Wenn Marcus dort mit Paulsen zusammenarbeitet, weiß ich, wo wir sie finden.»

«Erzählen Sie mir mehr über Marcus Weber.»

Kai startete den Motor und fuhr vom Parkplatz. «Wir haben zusammen gelernt, waren sogar mal befreundet. Aber Marcus konnte nie akzeptieren, dass ich die besseren Projekte bekam, die interessanteren Aufträge. Trotzdem ist er ein harmloser Kerl.»

«Neidisch genug für Verrat?»

«Bei seiner finanziellen Lage? Definitiv.» Kai beschleunigte auf die Autobahn. «Seine Glücksspielsucht hat ihn ruiniert. Seine Frau hat ihn verlassen, er steht vor der Privatinsolvenz. Trotzdem weiß ich nicht…»

Thomas notierte sich die Details mental. «Und er hat Zugang zu den kritischen Systemen in Neckarwestheim?»

«Nicht direkt. Aber er kennt das Kraftwerk wie seine Westentasche. Und als Wartungsleiter hat er Schlüssel zu allen Bereichen.»

Sie fuhren schweigend weiter, beide in Gedanken versunken. Thomas beobachtete, wie konzentriert Kai fuhr – sicher, aber zügig. Es war beruhigend.

«Thomas», sagte Kai nach einer Weile. «Danke, dass Sie mir vertrauen.»

«Wir sind Partner in diesem Fall.»

«Nein, es ist mehr als das.» Kai warf ihm einen kurzen Blick zu. «Sie vertrauen mir, obwohl Sie mich erst seit kurzem kennen. Das ist nicht selbstverständlich.»

Thomas spürte, wie seine Wangen warm wurden. «Sie haben sich mein Vertrauen verdient.»

«Ist das alles?»

Die Frage hing zwischen ihnen. Thomas wusste, dass sie über mehr sprachen als nur den Fall. Über das Vertrauen, das zwischen ihnen gewachsen war. Über die Verbindung, die er zu diesem Mann spürte.

«Nein», sagte er leise. «Das ist nicht alles.»

Kai lächelte – das erste echte Lächeln seit Tagen. «Gut.»

Thomas' Handy klingelte, als sie die Autobahn erreichten.

«Dr. Voss, ich habe nachgedacht», sagte Dr. Brandt. «Ihre Theorie über einen koordinierten Angriff macht Sinn. Das würde die Geschwindigkeit der letzten Attacken erklären.»

«Sie glauben, wir sind auf der richtigen Spur?»

«Möglich. Seien Sie vorsichtig und halten Sie mich auf dem Laufenden. Das Spezialteam sollte etwa zeitgleich mit Ihnen in Neckarwestheim eintreffen.»

«Verstanden.»

Thomas legte auf, als sie die Ausfahrt Neckarwestheim erreichten.

«Bereit?», fragte Kai.

Thomas sah das Kraftwerk vor sich – eine Ansammlung von Kühltürmen und Gebäuden, die friedlich in der Nacht leuchteten. Irgendwo dort drinnen wartete möglicherweise ein Mann, der bereit war zu töten, um seine Ziele zu erreichen.

«Bereit», sagte Thomas und meinte es wirklich.

Kapitel 5: Der Maulwurf

Das Kraftwerk Neckarwestheim lag ruhig am Morgen, nur die Sicherheitsbeleuchtung warf Schatten zwischen den Gebäuden. Hinter dem Meiler konnte man die Sonne aufgehen sehen.

Thomas und Kai parkten in einiger Entfernung und beobachteten die Anlage durch ein Fernglas.

«Marcus' Schicht beginnt um 9 Uhr», flüsterte Kai. «Wartung an Block 2, wie ich vermutet habe.»

Thomas überprüfte sein Handy. 8.45 Uhr. «Das Spezialteam müsste jeden Moment hier sein.»

«Da ist Bewegung.» Kai deutete auf einen Seiteneingang. «Jemand geht ins Kraftwerk.»

Thomas' Handy klingelte. Die BZSE-Zentrale.

«Dr. Voss? Hier ist der stellvertretende Direktor Hartmann.» Die Stimme war kühl, professionell. «Dr. Brandt wurde zu einem Notfall nach Berlin gerufen. Ich übernehme die Operation.»

Thomas runzelte die Stirn. «Ein Notfall? Was für ein Notfall?»

«Das ist klassifiziert. Wichtig ist: Die Operation in Neckarwestheim wird abgebrochen. Kehren Sie sofort zur Zentrale zurück.»

«Aber Sir, wir haben konkrete Hinweise auf Paulsen…»

«Dr. Voss, das ist ein Befehl. Die Lage hat sich geändert. Kehren Sie um. Sofort. Das Spezialteam wurde bereits zurückbeordert.»

Die Leitung wurde unterbrochen.

Thomas starrte auf sein Handy. Etwas stimmte nicht. Dr. Brandt hätte ihn niemals ohne Vorwarnung von einer laufenden Operation abgezogen. Und ausgerechnet jetzt, wo sie so nah dran waren?

«Was war das?», fragte Kai.

«Hartmann. Dr. Brandts Stellvertreter. Er sagt, sie sei nach Berlin gerufen worden und die Operation wird abgebrochen.» Thomas beobachtete das Kraftwerk. «Aber das Timing ist merkwürdig.»

Ein lautes Summen ertönte aus dem Kraftwerk, gefolgt von einem Flackern der Lichter.

«Es hat angefangen», sagte Kai grimm. «Der Angriff.»

Thomas' Gehirn arbeitete fieberhaft.

Hartmann beordert sie zurück, genau in dem Moment, wo Paulsen angreift?

Das konnte kein Zufall sein.

«Kai», sagte er langsam. «Was, wenn wir einen Maulwurf bei der BZSE haben?»

«Wie kommen Sie darauf?»

«Wir hatten neulich einen Fall, den Werner-Fall. Mein Kollege Adrian hat bereits einen Maulwurf vermutet. Es wurde dann aber nicht weiterverfolgt.» Thomas griff nach seinem Handy. «Ich rufe ihn an.»

Thomas wählte Adrians Nummer. «Adrian? Thomas hier. Tut mir leid, dass ich dich im Urlaub störe, aber ich glaube, wir haben ein Problem mit dem Maulwurf vom Werner-Fall.»

Er erklärte die Situation in schnellen Worten – Paulsen, der verdächtige Rückruf durch Hartmann.

«Mein Gott», sagte Adrian. «Thomas, das klingt nicht gut. Ob

Hartmann der Maulwurf sein könnte? Das Timing ist verdächtig.»

«Was sollen wir tun?»

«Erstmal nichts Illegales», sagte Adrian bestimmt. «Aber wenn Paulsen wirklich dort ist und angreift… könnt ihr das Kraftwerk warnen?»

Thomas sah das flackernde Licht der Anlage.

«Ich glaube, es ist schon zu spät dafür.»

«Dann seid vorsichtig. Und Thomas? Dokumentiert alles. Falls Hartmann wirklich korrupt ist, brauchen wir Beweise.»

Thomas legte auf und sah Kai an.

«Adrian rät zur Vorsicht. Aber wenn Paulsen wirklich dort drin ist…»

«Dann können wir nicht einfach zusehen.» Kai griff nach seiner Ausrüstung. «Vielleicht können wir das

Kraftwerk warnen. Oder den Angriff stoppen.»

Thomas nickte langsam. Der Verdacht gegen Hartmann würde warten müssen. Jetzt ging es darum, eine Katastrophe zu verhindern.

«Wie kommen wir rein?»

Kai lächelte grimmig.

«Ich kenne einen Weg.»

Kapitel 6: Im Herzen des Sturms

Kai führte Thomas zu einem unscheinbaren Wartungsschacht an der Südseite des Kraftwerks.

«Notausgang für die Kühlwasseranlage», erklärte er leise, während er ein Multitool aus seiner Tasche zog. «Ich habe letztes Jahr hier gearbeitet.»

Thomas beobachtete nervös, wie geschickt Kai das Schloss knackte. «Das ist illegal.»

«Technisch gesehen ist es Hausfriedensbruch.» Kai grinste schwach. «Aber wir retten Leben, oder?»

Der Schacht war eng und feucht, aber er führte direkt in die unteren Ebenen des Kraftwerks.

Thomas folgte Kai durch das Labyrinth aus Rohren und Kabeln, sein Herz hämmerte bei jedem Geräusch.

«Hier entlang», flüsterte Kai und deutete auf eine Wartungsleiter. «Block 2 ist direkt über uns.»

Als sie die obere Ebene erreichten, hörten sie Stimmen. Thomas und Kai drückten sich hinter eine große Pumpe und lauschten.

«...die Kühlsysteme sind offline. In fünfzehn Minuten beginnt die automatische Notabschaltung.»

Eine männliche Stimme, die Kai sofort erkannte. Er wurde blass und flüsterte: «Das ist Marcus.»

«Gut», antwortete eine zweite Stimme durch ein Funkgerät. «Dann haben wir genug Zeit. Die anderen Standorte sind synchronisiert.»

Kai deutete vorsichtig um die Ecke und zog sich schnell zurück.

Er hielt einen Finger hoch und formte lautlos: «Nur Marcus.»

Thomas nickte erleichtert. Nur ein Mann, das war machbar.

«Sind Sie sicher, dass niemand verletzt wird?», fragte Marcus ins Funkgerät. «Das war die Abmachung.»

Ein kaltes Lachen kam aus dem Lautsprecher. «Mach dir keine Sorgen, Weber. In zwanzig Minuten ist alles vorbei, und du bist ein reicher Mann.»

Thomas spürte, wie sich sein Magen zusammenzog.

Ein koordinierter Angriff - das würde das halbe süddeutsche Stromnetz lahmlegen.

Er zog sein Handy hervor und schrieb eine schnelle Nachricht an Adrian: Koordinierter Angriff geplant. 20 Min. Mehrere Kraftwerke.

Die Antwort kam sofort: Verstärkung unterwegs. Haltet durch.

«Thomas.» Kais warmer Atem an seinem Ohr ließ ihn erschauern. «Da drüben ist die Hauptsteuerung. Wenn wir das System neu starten können…»

Thomas sah hinüber zu dem beleuchteten Kontrollpult. Marcus stand davor und arbeitete an einem Laptop.

«Wir müssen ihn aufhalten», flüsterte Thomas.

«Ablenkung. Ich gehe zur Steuerung, du lenkst Marcus ab.»

«Nein, umgekehrt. Du verstehst die Technik besser.»

Wie selbstverständlich waren beide plötzlich zum Du übergegangen.

Kai packte seinen Arm.

«Thomas, das ist zu gefährlich. Lass mich…»

«Kai.» Thomas sah ihm in die Augen, diese warmen grünen Augen, die ihm seit gestern den Kopf verdrehten. «Du bist der Experte. Nur du kannst das System reparieren.»

Für einen Moment standen sie so da, ihre Gesichter nur Zentimeter voneinander entfernt. Thomas spürte Kais warme Hand auf seinem Arm, roch sein dezentes Aftershave.

«Pass auf dich auf», flüsterte Kai.

«Du auch.»

Thomas atmete tief durch, dann stand er auf und trat aus dem Versteck hervor.

«BZSE! Hände hoch!»

Marcus fuhr herum und ließ fast das Funkgerät fallen.

«Ich…» Marcus sah zwischen Thomas und dem Funkgerät hin und her. «Sie haben gesagt, es wäre nur ein Test. Ein Belastungstest für das Netz. Niemand sollte verletzt werden.»

«Marcus.» Eine kalte Stimme kam aus dem Funkgerät. «Was ist los da? Warum redest du mit jemandem?»

Marcus erstarrte. «Es… es ist nur…»

«Schalten Sie das Funkgerät aus. Sofort», befahl Thomas.

«Nein!» Marcus hielt das Gerät fest. «Sie sagten, meine Familie wäre in Gefahr, wenn ich nicht…»

Aus dem Augenwinkel sah Thomas, wie Kai sich vorsichtig zur Steuerung bewegte. Noch ein paar Sekunden…

«Marcus», sagte Thomas eindringlich. «Sie werden benutzt. Das hier ist kein Test - das ist ein echter Angriff. Menschen werden sterben.»

«Das ist nicht wahr!» Aber Marcus' Stimme zitterte. «Er hat gesagt…»

«Der Typ ist ein Terrorist, Marcus. Er lügt.»

«Marcus!» Die Stimme aus dem Funkgerät wurde schärfer. «Beende das Gespräch. Sofort!»

Marcus starrte das Funkgerät an, Tränen in den Augen. «Ich… ich wollte nur das Geld. Für die Schulden…»

Thomas sah, wie Marcus zusammenbrach. «Die Steuerung!», rief er Kai zu. «Jetzt!»

Kai sprang auf und rannte zur Konsole, während Marcus das Funkgerät fallen ließ und sich die Hände vors Gesicht schlug.

«Nein, nein, nein… was habe ich getan?», schluchzte Marcus.

Aus dem gefallenen Funkgerät drang eine wütende Stimme: «Weber! Was ist los da? Weber!»

Kai erreichte die Steuerung, seine Finger flogen über die Tasten. Warnlichter blinkten auf.

«System wird neu gestartet!», rief er. «Dreißig Sekunden!»

«Marcus», sagte Thomas sanft und kniete neben dem zusammengebrochenen Mann nieder. «Sie können das wieder gutmachen. Helfen Sie uns.»

Marcus sah zu ihm auf, das Gesicht voller Tränen.

«Sie haben gesagt… sie haben gesagt, es wäre nur ein Test. Und das Geld… meine Schulden…»

«Wer hat das gesagt?»

«Stefan. Stefan Reichert. Er… er hat mich kontaktiert, nachdem meine Frau… nachdem sie weg war.» Marcus wischte sich die Nase. «Er wusste alles über mich. Meine Schulden, meine Probleme.»

Die Stimme aus dem Funkgerät war verstummt.

«Kühlsysteme sind wieder online», meldete Kai von der Steuerung. «Der Angriff wurde gestoppt.»

Thomas half Marcus auf. «Sie müssen uns alles erzählen, was Sie wissen. Wo ist er? Wer arbeitet noch mit ihm?»

«Ich… ich weiß nicht viel.» Marcus schluchzte noch immer. «Wir haben uns nur zweimal getroffen. Er hat bar bezahlt. Sagte, er arbeite für eine Firma, die das Stromnetz modernisieren will.»

«Welche Firma?»

«Power Solutions GmbH. Aber…» Marcus sah zu Kai. «Das war alles gelogen?»

Kai nickte traurig.

«Alles gelogen, Marcus. Du wurdest benutzt.»

«Was ist mit den anderen Kraftwerken? Sind dort auch Leute wie
Sie?», fragte Thomas.

«Ich weiß es nicht! Stefan hat gesagt,
ich brauche die Details nicht zu
wissen.» Marcus klammerte sich an
Kais Arm. «Die anderen Kraftwerke… haben wir sie gestoppt?»

Thomas zog sein Handy hervor und
rief Adrian an. «Adrian? Wir haben
einen der Täter. Marcus Weber. Aber
Paulsen ist noch frei, und es gibt
noch andere Kraftwerke…»

«Wir sind bereits dran», unterbrach
Adrian. «Dank eurer Warnung
konnten wir Teams zu allen gefähr-
deten Anlagen schicken. Die
Angriffe wurden gestoppt.»

Thomas atmete erleichtert auf. «Und
Hartmann?»

«Wird überwacht. Wir sammeln
Beweise.» Adrians Stimme wurde

ernster. «Gute Arbeit, Thomas. Ihr habt vermutlich Tausende von Leben gerettet.»

Als Thomas auflegte, bemerkte er, dass Kai ihn beobachtete. Marcus saß auf dem Boden und weinte still vor sich hin.

«Du warst unglaublich», sagte Kai leise. «So ruhig, so professionell.»

«Du auch.» Thomas spürte, wie seine Wangen warm wurden. «Du hast das System gerettet. Ohne dich…»

Sie standen näher beieinander, als nötig gewesen wäre. Thomas bemerkte die kleinen Schweißperlen auf Kais Stirn, die Art, wie seine Kleidung an seinem Körper klebte, seine grünen Augen, die ihn so intensiv ansahen.

«Thomas», flüsterte Kai.

«Ja?»

«Ich…» Kai zögerte, dann trat er einen Schritt näher. «Als ich dich da vorhin habe kämpfen sehen… da wurde mir klar, wie wichtig du mir geworden bist.»

Thomas' Herz überschlug sich. «Kai, ich…»

Sirenen unterbrachen den Moment. Blaulichter blitzten durch die Fenster.

«Das Verstärkungsteam», sagte Thomas und trat widerstrebend einen Schritt zurück.

Kai nickte, aber seine Augen blieben auf Thomas gerichtet. «Wir sollten… wir sollten sie reinlassen.»

Minuten später war die Halle voller BZSE-Agenten. Marcus wurde in Handschellen abgeführt, aber er kooperierte vollständig und erzählte alles, was er über Paulsen und Power Solutions wusste.

«Gute Arbeit», sagte der Teamleiter zu Thomas. «Dr. Brandt wird sehr zufrieden sein.»

Thomas nickte abwesend. Seine Gedanken waren bei dem Moment mit Kai, bei dem, was beinahe passiert wäre.

«Thomas?» Kai stand neben ihm, noch immer in seiner Arbeitskleidung, Staub und Schweiß von dem Einsatz. «Ich fahre nach Hause. Willst du… willst du mitkommen? Auf einen Kaffee?»

Die Einladung war einfach, aber Thomas hörte die tiefere Bedeutung heraus. Sie redeten über mehr als nur Kaffee.

«Gerne», sagte er leise.

Kais Lächeln war wie Sonnenschein nach einem Sturm. «Gut. Dann lass uns fahren.»

Kapitel 7: Nach dem Sturm

Kais Wohnung fühlte sich nach dem sterilen Kraftwerk und der langen Autofahrt wie eine warme Umarmung an. Thomas stand unsicher im Wohnzimmer, während Kai in der Küche Kaffee zubereitete. Die Adrenalinwirkung ließ langsam nach, und mit ihr kam die Erkenntnis dessen, was sie gerade durchlebt hatten.

«Hier.» Kai reichte ihm eine dampfende Tasse. «Starker Kaffee. Dachte, du könntest einen gebrauchen.»

Thomas nahm die Tasse dankbar entgegen, ihre Finger berührten sich kurz. «Danke.»

Sie setzten sich aufs Sofa.

«Das war heute ziemlich verrückt»,

sagte Thomas schließlich.

«Ja.» Kai starrte in seinen Kaffee. «Ich kann nicht glauben, dass Marcus…»

«Er ist nicht böse», unterbrach Thomas sanft. «Nur verzweifelt. Die Schulden, die Scheidung… Paulsen hat seine Schwächen ausgenutzt. Du machst dir Vorwürfe.»

«Ein bisschen.» Kai zuckte mit den Schultern. «Vielleicht hätte ich darauf reagieren sollen, dass er Probleme hat. Hätte ihm geholfen.»

«Das ist nicht deine Schuld, Kai.» Thomas setzte seine Tasse ab und drehte sich zu ihm. «Du konntest nicht wissen, was Paulsen plante.»

Kai lächelte schwach. «Du hast eine analytische Art, die Dinge in Perspektive zu setzen.»

«Das ist mein Job. Fakten analysieren, Emotionen ausblenden.»

«Und funktioniert das? Die Emotionen ausblenden?»

Thomas hielt seinem Blick stand. Kais grüne Augen waren so aufrichtig, so offen. «Normalerweise schon.»

Sie saßen einen Moment schweigend da. Thomas war sich bewusst, wie nah sie sich waren, wie er Kais Aftershave riechen konnte, wie die Lampe warmes Licht über sein Gesicht warf.

«Thomas», sagte Kai leise. «Darf ich dich etwas fragen?»

«Natürlich.»

«Bereust du es? Dass du heute Abend hier bist?»

Die Frage überraschte ihn. «Warum sollte ich es bereuen?»

«Weil…» Kai zögerte. «Weil wir zusammengearbeitet haben. Weil es kompliziert werden könnte.»

Thomas dachte nach. In seiner geordneten Welt waren Komplikationen etwas, das er vermied. Aber als er in Kais Augen blickte, konnte er nicht bereuen, hier zu sein.

«Nein», sagte er ehrlich. «Ich bereue es nicht.»

Kais Lächeln war wie Sonnenschein. «Gut. Ich auch nicht.»

Ohne dass Thomas wusste, wie es passierte, waren sie näher zusammengerückt. Kais Hand lag auf seiner, warm und stark.

«Du zitterst», bemerkte Kai.

Thomas sah auf ihre verschränkten Hände hinab. «Das Adrenalin.»

«Nur das Adrenalin?»

Thomas sah auf und fand Kais Gesicht nur Zentimeter von seinem entfernt. «Nein», flüsterte er. «Nicht nur das.»

«Thomas», hauchte Kai, und dann

küssten sie sich.

Es war sanft zuerst, fragend, als wollte Kai ihm die Möglichkeit geben zurückzuweichen. Aber Thomas wollte nicht zurückweichen. Zum ersten Mal seit langem wollte er sich fallen lassen, die Kontrolle aufgeben.

Er legte eine Hand an Kais Nacken und vertiefte den Kuss. Kai schmeckte nach Kaffee und etwas Undefinierbarem, das rein er war. Seine Lippen waren weich, seine Hände stark, als sie Thomas' Gesicht umrahmten.

Als sie sich schließlich trennten, waren beide atemlos.

«Das war…», begann Thomas.

«Ja», stimmte Kai zu. «Das war es.»

Sie lehnten sich aneinander, Thomas' Kopf an Kais Schulter. Es fühlte sich richtig an, natürlich. Als hätte er sein ganzes Leben darauf gewartet, ohne es zu wissen.

«Ich bin nicht gut in solchen Sachen», murmelte Thomas.

«In was für Sachen?»

«Das hier. Beziehungen. Intimität.» Thomas hob den Kopf. «Ich bin… kompliziert.»

Kai lächelte und strich ihm eine Strähne aus der Stirn. «Jeder ist kompliziert, Thomas. Das macht es interessant.»

«Du bist nicht kompliziert.»

«Oh, wenn du mich besser kennenlernst, wirst du anders denken.» Kai zwinkerte. «Ich rede im Schlaf, ich vergesse ständig, die Zahnpastatube zuzumachen, und ich schaue heimlich kitschige Liebesfilme.»

Thomas lachte – ein echtes, warmes Lachen. «Das sind keine Komplikationen. Das sind Eigenarten.»

«Und deine Eigenarten machen dich zu dem, was du bist.» Kai küsste ihn sanft auf die Stirn. «Zu dem Menschen, in den ich mich verliebe.»

Die Worte hingen zwischen ihnen, schwer und bedeutsam. Thomas spürte, wie sein Herz schneller schlug.

«Verliebst?», fragte er leise.

«Verliebt habe», korrigierte Kai, seine Wangen leicht rot. «Falls das okay ist.»

Thomas betrachtete diesen wunderbaren Mann – seinen Mut, seine Ehrlichkeit, die Art, wie er Thomas ansah, als wäre er wertvoll.

«Es ist mehr als okay», flüsterte er und küsste Kai erneut.

Diesmal war der Kuss hungriger, leidenschaftlicher. Kais Hände wanderten zu Thomas' Hemd, und Thomas spürte eine Hitze in sich aufsteigen, die nichts mit Verlegenheit zu tun hatte.

«Möchtest du…», begann Kai gegen seine Lippen.

«Ja», antwortete Thomas, bevor Kai den Satz beenden konnte. «Was auch immer du fragen wolltest – ja.»

Kai lachte leise. «Ich wollte fragen, ob du hierbleiben möchtest. Die Nacht.»

«Oh.» Thomas wurde rot. «Ja. Das auch.»

Kai stand auf und streckte ihm die Hand entgegen. «Komm.»

Thomas nahm die Hand und ließ sich führen – ins Schlafzimmer, in Kais Arme, in eine Nacht voller Zärtlichkeit und Leidenschaft, die alles übertraf, was er sich je vorgestellt hatte.

Er erwachte langsam, zunächst desorientiert. Das war nicht sein Bett, nicht sein Zimmer. Dann kamen die Erinnerungen zurück – Kai, die Nacht, die Art, wie sie sich geliebt hatten, langsam und zärtlich und voller Hingabe.

Er drehte sich um und sah Kai neben sich liegen, friedlich schlafend, das Haar zerzaust, ein zufriedenes Lächeln auf den Lippen. Thomas betrachtete ihn im frühen Morgenlicht und spürte eine Wärme in seiner Brust, die nichts mit dem Sexuellen zu tun hatte. Es war etwas Tieferes, Bedeutsameres.

Liebe.

Der Gedanke überraschte ihn nicht so sehr, wie er hätte erwarten können. Irgendwann in den letzten Tagen war es passiert, ohne dass er es bemerkt hatte. Kai war zu einem Teil von ihm geworden, zu jemandem, ohne den er sich sein Leben nicht mehr vorstellen konnte.

Kai bewegte sich und öffnete die Augen. Als er Thomas sah, breitete sich ein warmes Lächeln auf seinem Gesicht aus.

«Guten Morgen», murmelte er mit rauer Schlafstimme.

«Guten Morgen.» Thomas küsste ihn sanft. «Gut geschlafen?»

«Sehr gut.» Kai streckte sich wie eine große Katze. «Du?»

«So gut wie seit Jahren nicht mehr.»

Sie lagen da, verschlungen, und genossen die Ruhe des Morgens. Thomas dachte daran, wie anders sein Leben plötzlich war. Gestern war er noch der einsame Dr. Voss gewesen, der seine Nächte mit Code und Algorithmen verbrachte. Heute lag er im Bett mit einem Mann, der ihn liebte und den er liebte.

«Worüber denkst du nach?», fragte

Kai und zeichnete kleine Kreise auf Thomas' Brust.

«Darüber, wie sich alles verändert hat.»

«Zum Besseren?»

Thomas küsste ihn zur Antwort. «Definitiv zum Besseren.»

Kais Handy klingelte auf dem Nachttisch. Er griff danach und runzelte die Stirn.

«Mein Chef», sagte er. «Entschuldige, ich muss rangehen.»

Thomas nickte und hörte mit halbem Ohr zu, während Kai das Gespräch führte.

«Ja… nein, das geht in Ordnung… wann… verstehe… ich bin in einer Stunde da.»

Er legte auf und sah Thomas entschuldigend an. «Tut mir leid. Notfall auf einer Baustelle. Ein Transformator ist ausgefallen.»

«Kein Problem.» Thomas küsste ihn auf die Wange. «Ich sollte sowieso ins Büro. Berichte schreiben.»

Sie standen auf und machten sich fertig, bewegten sich mit einer natürlichen Intimität umeinander, als hätten sie das schon hundertmal getan. Thomas duschte zuerst, dann Kai, der ihm eines seiner T-Shirts lieh, da Thomas' Hemd vom Vortag schmutzig war.

«Es steht dir gut», sagte Kai und betrachtete Thomas in dem blauen Shirt. «Du solltest öfter Farben tragen.»

«Meinst du?»

«Definitiv.» Kai trat näher und küsste ihn. «Obwohl du in allem gut aussiehst.»

Thomas spürte, wie er errötete.

Komplimente waren ihm noch immer unangenehm, aber von Kai klangen sie ehrlich.

Sie frühstückten zusammen – Kaffee und Toast, einfach aber gemütlich. Thomas beobachtete, wie Kai sich bewegte, seine effizienten Handgriffe, die Art, wie er summte, während er die Marmelade aufstrich.

«Was ist?», fragte Kai und bemerkte seinen Blick.

«Nichts. Ich schaue nur gerne zu.»

Kai lächelte. «Du bist süß.»

«Süß?» Thomas hob eine Augenbraue. «Das hat mir noch nie jemand gesagt.»

«Dann haben die anderen nicht richtig hingeschaut.» Kai nahm einen Schluck Kaffee. «Übrigens, ich muss heute meinen Terminplan komplett umwerfen. Eigentlich sollte ich heute zu einer Wartung nach Schleswig-Holstein.»

«Windpark?»

«Ja, ein großer Offshore-Park. Aber nach den letzten Tagen…» Kai zuckte mit den Schultern. «Ich brauche einen Plan B.»

Thomas erstarrte, die Kaffeetasse auf halbem Weg zum Mund. «Was hast du gesagt?»

«Plan B?»

Thomas' Gehirn schaltete blitzartig in den Analysemodus.

«Plan B», wiederholte er leise. «Mein Gott, Kai. Paulsen muss einen Plan B gehabt haben.»

«Wie meinst du das?»

Thomas stand abrupt auf, seine Gedanken rasten.

«Denk nach. Er ist ein erfahrener Krimineller. Er würde nie alles auf eine Karte setzen.» Er begann, im

Zimmer auf und ab zu gehen. «Die Kraftwerke waren nur der erste Schritt.»

«Aber wir haben sie gestoppt…»

«Die Atomkraftwerke, ja. Aber was ist mit dem Rest?» Thomas' Stimme wurde dringlicher. «Windparks, Solaranlagen, das gesamte Netz erneuerbarer Energien. Deutschland setzt immer mehr darauf. Wenn man das lahmlegt…»

Kai wurde blass.

«Das wäre genauso verheerend.»

«Vielleicht sogar schlimmer. Die Leute erwarten nicht, dass Wind-räder angegriffen werden.» Thomas griff nach seinem Handy. «Ich muss Adrian anrufen.»

Thomas wählte Adrians Nummer. «Adrian? Thomas hier. Ich weiß, es ist früh, aber ich glaube, wir haben ein Problem. Paulsen hat einen Plan B.»

Er erklärte schnell seine Theorie, während Kai zuhörte, sein Gesicht zunehmend besorgt.

«Du hast recht», sagte Adrian nach einem Moment. «Das macht Sinn. Verdammt, warum sind wir nicht früher darauf gekommen?»

«Was machen wir?»

«Ich kontaktiere die Zentrale. Aber Thomas… nach gestern Abend mit Hartmann… ich weiß nicht, wem wir dort trauen können.»

Thomas' Magen zog sich zusammen. «Dr. Brandt ist zurück aus Berlin. Ihr können wir vertrauen.»

«Hoffentlich. Ruf sie direkt an. Umgeh Hartmann.» Adrians Stimme wurde ernst. «Und Thomas? Seid vorsichtig.»

Thomas legte auf und sah Kai an, der bereits seine Tasche packte.

«Du kommst mit?», fragte Thomas überrascht.

«Natürlich.» Kai küsste ihn kurz. «Wenn es um Windparks geht, brauchst du mich. Außerdem…» Er grinste schwach. «Partner, erinnerst du dich?»

Thomas spürte eine Welle der Dankbarkeit und Liebe. Selbst jetzt, in der Gefahr, war Kai an seiner Seite.

«Dr. Brandt wird nicht begeistert sein, wieder von uns zu hören», murmelte er, während er ihre Nummer wählte.

«Das Risiko müssen wir eingehen. Mein Boss wird auch nicht begeistert sein, dass jemand anders nach dem Transformator gucken muss.» Kai griff nach seinen Schlüsseln. «Fahren wir.»

Thomas nickte und hielt das Handy ans Ohr, während es klingelte.

Die glückliche Ruhe des Morgens war vorüber – der Fall war noch lange nicht abgeschlossen.

Kapitel 8: Plan B

Dr. Brandt ging beim vierten Klingeln ran, ihre Stimme klang müde. «Dr. Voss?»

«Dr. Brandt, es tut mir leid, aber wir haben ein Problem. Paulsen hat möglicherweise einen Plan B.» Thomas saß auf Kais Beifahrersitz, während sie durch die morgendlichen Straßen Frankfurts fuhren. «Ich glaube, er plant Angriffe auf erneuerbare Energieanlagen.»

Stille am anderen Ende. Dann: «Erklären Sie.»

Thomas legte seine Theorie dar, während Kai konzentriert fuhr und mithörte. Dr. Brandt stellte präzise Fragen, ihr analytisches Gehirn arbeitete auch am frühen Morgen auf Hochtouren.

«Das ergibt Sinn», sagte sie schließlich. «Aber warum rufen Sie mich privat an? Das hätte über die normale Dienstschicht laufen können.»

Thomas zögerte. «Nach gestern Abend… Adrian und ich haben Bedenken bezüglich Direktor Hartmann.»

Eine längere Pause. «Verstehe. Kommen Sie ins Hauptquartier. Beide. Wir werden das unter vier Augen besprechen.»

«Ist das sicher?»

«Hartmann ist heute in München, auf einer Konferenz. Das macht die Sache einfacher.» Dr. Brandts Stimme wurde bestimmt. «Zwanzig Minuten.»

Sie legte auf. Thomas sah zu Kai, der nachdenklich das Lenkrad umklammerte.

«Alles in Ordnung?»

«Ich denke gerade nach», sagte Kai. «Über Windparks. Wenn ich Paulsen wäre und das ganze Netz lahmlegen wollte…»

«Was würdest du angreifen?»

«Nicht die einzelnen Anlagen. Das wäre zu aufwendig.» Kai bog in die Straße zum BZSE-Hauptquartier ein. «Sondern die Kontrollzentren. Es gibt drei große Leitstellen, die fast alle Windparks in Deutschland koordinieren.»

Thomas spürte, wie sich sein Magen zusammenzog. «Das wären nur drei Ziele für maximale Wirkung.»

«Genau. Und das Beste – oder Schlimmste – sie sind weniger gesichert als Atomkraftwerke. Wer denkt schon daran, Windparks zu sabotieren?»

Das BZSE-Gebäude war um diese Zeit noch weitgehend leer. Dr.

Brandt erwartete sie bereits am Eingang, gekleidet in einem makellosen Hosenanzug, als wäre sie nicht gerade aus dem Bett geklingelt worden.

«Herr Neumann, Dr. Voss.» Sie führte sie durch die Sicherheitsschleusen. «Kaffee? Es wird ein langer Tag.»

Sie gingen in Dr. Brandts Büro, wo bereits ein großer Bildschirm mit einer Karte Deutschlands leuchtete. Rote Punkte markierten die Standorte der Kernkraftwerke von gestern.

«Erzählen Sie mir alles», sagte Dr. Brandt und schenkte drei Tassen Kaffee ein.

Thomas berichtete von seiner Erkenntnis, während Kai die technischen Aspekte erläuterte. Dr. Brandt hörte zu, ohne zu unterbrechen, ihre scharfen Augen bewegten sich zwischen den beiden Männern hin und her.

«Ihre Theorie ist plausibel», sagte sie schließlich. «Und wenn Sie recht haben, müssen wir sofort handeln.» Sie trat an den Bildschirm. «Diese Kontrollzentren – wo befinden sie sich?»

Kai stand auf und deutete auf die Karte. «Das größte ist in Oldenburg, das koordiniert alle Offshore-Parks der Nordsee. Dann Hamburg für die norddeutschen Onshore-Anlagen, und Stuttgart für den Süden.»

Dr. Brandt markierte die drei Standorte. «Wir fliegen alle. Ich lasse drei Hubschrauber bereitstellen.» Sie griff zum Telefon. «Alpha-Team nach Hamburg, Bravo-Team nach Stuttgart, Charlie-Team nach Oldenburg.»

Thomas wurde hellhörig. «Und wir?»

«Sie führen das Charlie-Team, Dr. Voss. Es wird Zeit, dass Sie wieder operative Verantwortung übernehmen.» Dr. Brandt sah ihn ernst an. «Herr Neumann wird als technischer Berater mitfliegen. Seine Expertise könnte entscheidend sein.»

«Ein ganzes Team?», fragte Thomas nervös.

«Vier Agenten plus Sie beide. Und Dr. Voss?» Dr. Brandts Blick wurde eindringlich. «Das ist Ihr Einsatz. Sie haben die Zusammenhänge erkannt, Sie kennen Paulsen. Die Männer werden auf Sie hören.»

Thomas spürte, wie sich sein Magen zusammenzog. Ein Team zu führen bedeutete Verantwortung für Menschenleben. Das war nicht seine Welt

- er war der Computer-Experte, der normalerweise hinter seinem Schreibtisch saß und Daten analysierte.

«Flugzeit nach Oldenburg: 45 Minuten», fuhr Dr. Brandt fort. «Sie sind vor allen anderen dort.»

Eine Stunde später saßen Thomas und Kai in einem BZSE-Hubschrauber über der norddeutschen Tiefebene. Die vier Agenten des Charlie-Teams – Agent Weber, Agent Hoffmann, Agent Klein und Agent Müller – waren professionell, aber Thomas spürte ihre abwartende Haltung. Sie kannten ihn als den stillen Computerexperten aus der Zentrale, nicht als Einsatzleiter.

«Ziel in Sicht», meldete der Pilot.

Thomas sah durch das Fenster auf das weitläufige Gelände des Off-shore-Kontrollzentrums. Moderne

Gebäude, Parkanlagen, alles wirkte friedlich von oben.

«Dr. Voss?» Agent Weber, der Teamführer, sah ihn fragend an. «Wie gehen wir vor?»

Thomas atmete tief durch. «Wir landen regulär. Offizieller Sicherheitscheck. Aber alle bleiben wachsam.» Er sah zu Kai. «Du kennst die Anlage. Wo würde Paulsen angreifen?»

«Das Hauptkontrollzentrum. Von dort aus laufen alle Verbindungen zu den Offshore-Windparks.»

Der Hubschrauber setzte auf dem Landeplatz auf. Thomas stieg aus, das Gewicht der Führungsverantwortung schwer auf seinen Schultern. Das Team formierte sich um ihn, wartete auf seine Anweisungen.

«Weber, Hoffmann – ihr sichert den Eingang. Klein, Müller – ihr kommt mit uns zum Kontrollzentrum.» Thomas war überrascht, wie sicher seine Stimme klang. «Alle bleiben in Funkverbindung.»

Sie gingen zum Hauptgebäude. Am Empfang erwartete sie ein nervös wirkender Mann mittleren Alters.

«Dr. Voss? Ich bin Herr Lindemann, der Betriebsleiter. Wir wurden über Ihren Sicherheitseinsatz informiert.» Er schwitzte leicht, obwohl es kühl war. «Aber… aber das ist wirklich nicht nötig. Alles läuft normal.»

«Sind Sie sicher?», fragte Kai scharf. «Sie wirken nervös.»

«Nervös? Nein, überhaupt nicht.» Lindemann lachte hohl. «Warum sollte ich nervös sein? Es ist nur… wir haben viel zu tun heute. Vielleicht könnten Sie ein andermal wiederkommen?»

Thomas und Kai tauschten einen alarmierenden Blick aus. Das war eindeutig verdächtig.

«Herr Lindemann», sagte Thomas bestimmt. «Wir sind hier, weil es Sicherheitsbedenken gibt. Wir müssen das Kontrollzentrum über-prüfen. Sofort.»

«Nein!» Lindemann stellte sich ihnen in den Weg, seine Stimme wurde schrill. «Das… das geht nicht. Wirklich nicht.»

Agent Klein trat vor. «Sir, Sie behin-dern eine offizielle Untersuchung.»

Lindemann sah zwischen den bewaffneten Agenten hin und her, Schweiß perlte auf seiner Stirn. «Sie verstehen nicht… ich kann nicht… er hat gesagt…»

«Wer hat was gesagt?», fragte Thomas ruhig.

«Ich…» Lindemann brach zusammen. «Er ist da. Mit seinen Leuten. Sie haben meine Mitarbeiter… er hat gesagt, wenn ich jemanden reinlasse…»

Thomas spürte, wie sein Puls sich beschleunigte. «Paulsen ist hier?»

Lindemann nickte hilflos. «Seit einer Stunde. Er… er weiß alles über die Systeme. Er hat die Kontrolle übernommen.»

Thomas aktivierte sein Funkgerät. «Weber, Hoffmann – wir haben bestätigte Bedrohung im Gebäude. Sichert alle Ausgänge. Niemand kommt raus.»

«Verstanden», kam die Antwort.

«Kai, Klein, Müller – mit mir.» Thomas zog seine Waffe. «Lindemann, wo ist das Kontrollzentrum?»

«Dritter Stock. Aber Sie können nicht… er hat Geiseln…»

«Dann müssen wir vorsichtig sein.» Thomas sah sein Team an. «Alle bereit?»

Sie nickten. Zum ersten Mal seit Jahren führte Thomas Voss eine operative Mission an. Und diesmal würde er nicht versagen.

Sie bewegten sich leise durch das Gebäude, Thomas' Herz hämmerte, aber sein Verstand war klar. Als sie die Treppe zum dritten Stock erreichten, hörten sie Stimmen.

Thomas hob die Hand, und das Team hielt an. Er lauschte angestrengt.

«…die Systeme sind offline. Alle Offshore-Parks. Das sind 40% der deutschen Windkraft-Kapazität.»

Eine andere Stimme: «Hamburg und Stuttgart?»

«Bestätigt. Koordinierter Angriff erfolgreich.»

Thomas' Blut gefror. Sie waren zu spät. Paulsen hatte bereits zugeschlagen.

Er winkte das Team näher heran und flüsterte: «Drei Verdächtige, mindestens. Geiseln unbekannt.» Er sah Kai an. «Kannst du die Systeme von außen wieder aktivieren?»

«Nicht ohne Zugang zum Hauptserver. Der ist im Kontrollraum.»

«Dann müssen wir rein.» Thomas atmete tief durch. «Auf mein Zeichen.»

Er schlich zur Tür des Kontrollzentrums und späte vorsichtig hinein. Was er sah, ließ ihm das Blut in den Adern gefrieren.

Drei Männer in dunkler Kleidung standen vor den Hauptkonsolen, Laptops an die Systeme angeschlossen. Die regulären Techniker saßen gefesselt in einer Ecke, Klebeband über dem Mund.

Einer der Eindringlinge drehte sich um – ein hagerer Mann mit kalten Augen. Thomas sah Kai an, der blass wurde.

«Das ist Paulsen», flüsterte Kai.

Der Mann lächelte kalt.

«Dr. Voss, nehme ich an», sagte er mit einer Stimme, die Thomas vom Funkgerät in Neckarwestheim kannte. «Wie schön, Sie zu sehen. Sie kommen genau rechtzeitig für das große Finale.»

Kapitel 9: Der Preis des Mutes

Thomas hielt seine Waffe im Anschlag, während er schnell die Situation erfasste.

Drei Angreifer, fünf Geiseln, nur ein Ausgang. Nicht die besten Bedingungen für eine Befreiungsaktion.

«Erik Paulsen», sagte Thomas laut genug, dass sein Team es hören konnte. «Sie sind verhaftet.»

Paulsen lachte.

«Mit welcher Berechtigung? Ich repariere nur ein paar Computerfehler.» Er deutete auf die Monitore, die alle rot blinkten. «Das deutsche Stromnetz ist so anfällig. Ein Wunder, dass nicht öfter etwas passiert.»

«Lassen Sie die Geiseln frei», forderte Thomas.

«Ich denke nicht.» Paulsen nickte einem seiner Männer zu, der sofort eine Waffe auf die gefesselten Techniker richtete. «Wir sind hier noch nicht fertig.»

Thomas' Funkgerät knackte leise.

«Alpha-Team an Charlie-Leader. Hamburg ist sicher. Angreifer festgenommen.»

Ein Schatten huschte über Paulsens Gesicht. «Wie bedauerlich. Aber zwei von drei reichen auch.»

«Die Systeme wieder online zu bringen dauert Stunden», sagte der zweite Angreifer. «Selbst wenn sie uns jetzt stoppen.»

Thomas sah zu Kai, der neben ihm an der Tür kauerte. «Stimmt das?»

Kai schüttelte unmerklich den Kopf.

«Wenn ich an die Hauptkonsole komme, kann ich es in zehn Minuten reparieren», flüsterte er.

Thomas nickte verstehend. Er aktivierte sein Funkgerät. «Klein, Müller – Position halten. Auf mein Zeichen.»

«Thomas», Paulsens Stimme wurde spöttisch. «Darf ich Thomas sagen? Der berühmte Dr. Voss von der BZSE. Sie haben meine Pläne ganz schön durcheinandergebracht.»

«Das war die Absicht.»

«Bewundernswert. Ein Computerexperte, der plötzlich Feldarbeit macht.» Paulsen trat näher zur Tür. «Normalerweise schickt die BZSE ihre Techniker nicht in den Kampf. Warum sind Sie hier?»

Thomas spürte, wie sich seine Muskeln anspannten.

Er musste Paulsen von den Konsolen weglocken, damit Kai eine Chance hatte.

«Sie haben recht», sagte Thomas und trat einen Schritt ins Zimmer. «Ich habe verstanden, dass manche Dinge wichtiger sind als Sicherheit.» Er warf einen kurzen Blick zu Kai – ein Blick voller Bedeutung. Kai verstand sofort.

«Wie rührend», sagte Paulsen. «Aber leider zu spät.»

In diesem Moment handelte Thomas. Er warf sich zur Seite und rief: «Jetzt!»

Agent Klein und Müller stürmten von rechts in den Raum, während Kai von links zu den Konsolen sprintete. Paulsen schrie Befehle, Schüsse krachten, die Geiseln schrien.

Thomas rollte hinter einen Schreibtisch, als Kugeln über ihn hinweg-
pfiffen. Er hörte Kai an den Tastaturen arbeiten, seine Finger flogen
über die Eingaben.

«Schaltet ihn aus!», brüllte Paulsen.
Einer seiner Männer schwenkte die
Waffe zu Kai, aber Agent Müller war
schneller. Der Schuss des Angreifers
ging ins Leere, als Müller ihn zu
Boden tackelte.

Thomas sprang auf und rannte auf
Paulsen zu. Der hagere Mann
reagierte blitzschnell, wich zur Seite
aus und schlug Thomas mit dem
Pistolenkolben an die Schläfe.

Schmerz explodierte in Thomas'
Kopf, seine Sicht verschwamm, aber
er kämpfte weiter. Er packte Paulsens Handgelenk und versuchte,
ihm die Waffe zu entreißen.

Sie kämpften verbissen, stürzten über umgeworfene Stühle, prallten gegen Wände. Paulsen war stärker und kampferfahrener, aber Thomas kämpfte mit der Verzweiflung eines Mannes, der alles zu verlieren hatte. Die endlosen Stunden Kampfsporttraining mit Adrian zahlten sich endlich aus – seine Bewegungen waren instinktiver, als er erwartet hatte.

«Systeme sind zu 60% wieder online!», rief Kai von der Konsole. «Noch zwei Minuten!»

Paulsen stieß einen Wutschrei aus und rammte Thomas gegen einen Metallschrank.

Thomas spürte, wie etwas in seiner Schulter knackte, und ein stechender Schmerz schoss durch seinen Arm.

«Du kleiner Computernerd!», keuchte Paulsen. «Du hast keine Ahnung, mit wem du dich anlegst!»

Er schwang die Pistole wie einen Knüppel, aber Thomas duckte sich. Die Waffe krachte gegen den Metallschrank und prallte aus Paulsens Hand.

Beide Männer stürzten sich auf die Waffe. Thomas war näher dran, aber Paulsen packte ihn am verletzten Arm und riss ihn zurück.

Thomas schrie vor Schmerz auf.

«80% online!», meldete Kai. «Fast geschafft!»

Paulsen trat Thomas in die Rippen und sprang zur Waffe. Als er sie aufhob und auf Kai zielte, handelte Thomas instinktiv.

Er warf sich dazwischen.

Der Schuss krachte durch den Raum. Thomas spürte, wie die

Kugel seinen Oberkörper traf, wie brennender Schmerz durch seinen Körper jagte.

Er taumelte, fiel.

Aber er hatte Kai gerettet.

«Thomas!» Kais verzweifelter Schrei hallte durch den Raum.

Paulsen zielte erneut, aber Agent Klein war näher gekommen. Der Kampf der beiden Männer war kurz und brutal. Klein landete einen Schlag gegen Paulsens Schläfe, der den Terroristen gegen die Wand schleuderte.

Paulsen schlug mit dem Kopf gegen einen Metallkasten und sackte bewusstlos zusammen, Blut sickerte aus einer Kopfwunde.

«Systeme sind vollständig online!», rief Kai triumphierend, dann sah er Thomas am Boden liegen. «Thomas!»

Er rannte zu ihm, fiel neben ihm auf die Knie.

Thomas lag auf der Seite, eine Hand gegen seine Brust gepresst, Blut sickerte zwischen seinen Fingern hindurch.

«Hey», flüsterte Thomas schwach. «Hast du… hast du es geschafft?»

«Ja, alle Systeme laufen wieder.» Kais Stimme zitterte. «Aber du… Thomas, du blutest…»

«Ist nicht so schlimm», log Thomas, obwohl er spürte, wie die Welt um ihn verschwamm.

Agent Klein kniete neben ihnen nieder, zog ein Erste-Hilfe-Set hervor. «Sanitäter sind unterwegs. Halten Sie durch, Dr. Voss.»

Kai nahm Thomas' Hand, seine Augen waren voller Tränen.

Die Sanitäter stürmten in den Raum, schoben Kai sanft beiseite.

Thomas hörte nur noch Fragmente –
Blutdruck, Puls, Notoperation. Kais
Stimme, die immer wieder seinen
Namen rief.
Dann wurde alles schwarz.

Kapitel 10: Heilung

Das erste, was Thomas bemerkte, als er langsam zu Bewusstsein kam, war das stetige Piepen eines Monitors.

Das zweite war die warme Hand, die seine hielt.

«Kai?», flüsterte er schwach, ohne die Augen zu öffnen.

«Ich bin hier.» Kais Stimme klang heiser, als hätte er geweint. «Ich bin die ganze Zeit hier gewesen.»

Thomas öffnete langsam die Augen.

Das Krankenhauslicht war gedämpft, draußen vor dem Fenster dämmerte es bereits. Kai saß neben seinem Bett, das Haar zerzaust, die Kleidung zerknittert, aber er lächelte.

«Wie lange war ich weg?», fragte Thomas.

«Achtzehn Stunden. Die Operation dauerte sechs Stunden, dann warst du sediert.» Kai strich ihm sanft über die Stirn. «Wie fühlst du dich?»

Thomas versuchte, sich zu bewegen, und verzog das Gesicht. «Wie von einem Lkw überfahren. Aber ich lebe noch.»

«Das tust du.» Kais Augen füllten sich mit Tränen. «Gott sei Dank.»

«Hey, nicht weinen.» Thomas drückte schwach seine Hand. «Ich bin doch hier.»

«Du hättest sterben können, du Idiot.» Kai wischte sich die Augen. «Warum hast du dich vor mich geworfen?»

Thomas sah ihn an – die verweinten Augen, das sorgenvolle Gesicht, die Art, wie Kai seine Hand hielt, als könnte er ihn durch pure Willenskraft am Leben halten.

«Weil ich dich liebe», sagte er einfach. «Und weil ich in dem Moment realisiert habe, dass ein Leben ohne dich für mich keinen Sinn macht.»

Kai beugte sich vor und küsste ihn sanft auf die Stirn.

«Du darfst so etwas Dummes nicht mehr machen. Verstanden?»

«Verstanden.» Thomas lächelte schwach. «Was ist mit Paulsen?»

«Koma. Schwere Kopfverletzung. Die Ärzte wissen nicht, ob er wieder aufwacht.» Kai setzte sich richtig hin. «Aber Dr. Brandt war hier. Sie sagt, der Fall ist abgeschlossen. Alle Systeme laufen wieder, die anderen Angreifer sind verhaftet.»

«Und die Ausfälle? Gab es Stromausfälle?»

Kai nickte ernst.

«Etwa zehn Minuten lang. Hauptsächlich in Norddeutschland, wo die

Windkraft einen großen Anteil hat. Ein paar Krankenhäuser mussten auf Notstrom umschalten, die Bahn hatte Verspätungen, und in Hamburg gingen kurzzeitig die Ampeln aus.» Er drückte Thomas' Hand. «Aber keine größeren Schäden. Das Netz konnte das meiste abfangen, und als ich die Systeme wieder online brachte, stabilisierte sich alles schnell.»

«Trotzdem… zehn Minuten können eine Ewigkeit sein.»

«Ja. Aber es hätte viel schlimmer kommen können. Hätte Paulsen seinen Plan vollständig durchgezogen…» Kai schüttelte den Kopf. «Mein brillanter Computerexperte hat eine Katastrophe verhindert.»

Thomas spürte eine Welle der Erleichterung. «Dann war es das wert.»

«Nein, war es nicht.» Kais Stimme wurde streng. «Es wäre es nie wert gewesen, dich zu verlieren.»

Sie saßen eine Weile schweigend da, genossen einfach, dass sie beide lebten, beide da waren. Thomas beobachtete Kai und bemerkte die dunklen Ringe unter seinen Augen, die Anspannung in seinen Schultern.

«Du siehst müde aus. Wann hast du das letzte Mal geschlafen?»

Kai zuckte mit den Schultern.

«Schlaf ist überbewertet.»

«Kai.»

«Ich wollte da sein, wenn du aufwachst.» Kai sah auf ihre verschränkten Hände. «Ich hatte solche Angst, dass…»

«Ich bin aufgewacht. Und ich bleibe wach.» Thomas zog ihn näher. «Leg dich zu mir.»

«Das geht nicht. Das Bett ist zu schmal, und du bist verletzt…»

«Kai. Komm her.»

Zögernd stand Kai auf und setzte sich vorsichtig auf die Bettkante. Thomas rückte trotz der Schmerzen zur Seite und klopfte auf den Platz neben sich.

«Das ist eine schlechte Idee», murmelte Kai, aber er legte sich dennoch vorsichtig neben Thomas, den Kopf an dessen gesunde Schulter gelehnt.

«Das ist eine wunderbare Idee», korrigierte Thomas und legte seinen unverletzten Arm um Kai. «So ist es viel besser.»

Kai entspannte sich an seiner Seite. «Du riechst nach Krankenhaus.»

«Entschuldige. Nächstes Mal werde ich mich bemühen, eleganter angeschossen zu werden.»

Kai lachte trotz allem.

«Das ist nicht lustig.»

«Ein bisschen schon.» Thomas
küsste ihn auf den Scheitel. «Kai, ich
muss dir etwas sagen.»

«Was denn?»

Thomas holte tief Luft. «Ich will nie
wieder so etwas machen. Teams
leiten, im Feld kämpfen, den Helden
spielen.»

Kai hob den Kopf.

«Aber du warst so mutig. Du hast
alle gerettet.»

«Und dabei fast mein Leben verloren. Und fast dich verloren.
Obwohl ich dich doch gerade erst
gefunden habe.» Thomas sah ihm in
die Augen. «Mein Platz ist vor dem
Computer, Kai. Dort bin ich gut.
Dort bin ich nützlich. Und dort bin
ich sicher.»

«Du willst wieder zurück ins Büro?»

«Ja. Ich will Datenanalysen machen, Verschlüsselungen knacken, von meinem Schreibtisch aus die Welt retten.» Thomas lächelte. «Ist das sehr enttäuschend für dich?»

Kai schüttelte den Kopf.

«Thomas, du hast in den letzten Tagen mehr Abenteuer erlebt als die meisten Menschen in einem ganzen Leben. Ich glaube, wir haben genug Aufregung für eine Weile gehabt.»

«Du langweilst dich nicht mit einem Computerexperten, der nie das Büro verlässt?»

«Erstens verlässt du sehr wohl das Büro – um nach Hause zu kommen. Zu mir.» Kai küsste ihn sanft. «Und zweitens bist du der faszinierendste Mann, den ich kenne. Computer-Genie hin oder her.»

Thomas spürte, wie sich etwas Warmes in seiner Brust ausbreitete.

«Ich liebe dich.»

«Ich liebe dich auch. Sehr sogar.»

Sie lagen eine Weile da, Kai döste an Thomas' Schulter, Thomas streichelte gedankenverloren durch sein Haar. Zum ersten Mal seit Tagen fühlte er sich vollkommen ruhig.

«Thomas?», murmelte Kai schläfrig.

«Hmm?»

«Wenn du aus dem Krankenhaus kommst… ziehst du dann richtig bei mir ein? Nicht nur ein paar Klamotten, sondern richtig?»

Thomas lächelte.

«Willst du das?»

«Ja. Ich will, dass es unser Zuhause wird, nicht nur meins.»

«Dann ja. Gerne.» Thomas drückte ihn enger an sich, ignorierte den

Schmerz in seiner Schulter. «Ich wüsste nichts, was ich lieber täte.»

Kai lächelte gegen seine Brust. «Gut.

«Kai?»

«Ja?»

«Danke.»

«Wofür?»

«Dass du bei mir geblieben bist. Dass du mich liebst. Dass du mir gezeigt hast, wie das Leben sein kann.»

Kai hob den Kopf und sah ihn an.

«Du hast mir dasselbe gezeigt, weißt du. Vor dir war ich nur… Kai der Elektriker. Kai der Einzelgänger. Mit dir bin ich mehr.»

«Was bist du mit mir?»

«Vollständig.»

Thomas küsste ihn, lang und zärtlich.

Als sie sich trennten, fühlte er sich trotz der Schmerzen, trotz der

Medikamente, trotz allem glücklicher, als er sich je in seinem Leben gefühlt hatte.

«Ich kann es kaum erwarten, aus dem Krankenhaus rauszukommen», flüsterte er.

«Und dann?»

«Dann… schauen wir, was passiert. Zusammen.» Thomas lächelte. Kai lächelte und kuschelte sich wieder an ihn. «Schlaf jetzt. Ich passe auf dich auf.»

Thomas schloss die Augen und spürte, wie er in den Schlaf glitt. Zum ersten Mal seit Jahren hatte er keine Albträume, keine Sorgen, keine Angst vor dem nächsten Tag.

Er hatte Kai.

Er hatte jemanden, der ihn liebte. Er hatte zum ersten Mal seit langem die Aussicht auf echtes Glück.

Und er war bereit, es Schritt für Schritt zu erkunden – einen ruhigen, wunderbaren Tag nach dem anderen.

Epilog: Neue Normalität

Vier Monate später

Thomas lehnte sich in seinem Bürostuhl zurück und betrachtete zufrieden die drei Monitore vor sich.

Der Hackerangriff auf die Münchner Stadtwerke war geknackt, die Sicherheitslücke geschlossen, und die Täter würden bald hinter Gittern sitzen. Alles von seinem Schreibtisch aus gelöst – genau so, wie er es liebte.

«Feierabend, Dr. Voss!», rief Agent Weber und klopfte an seinen Türrahmen. «Sie sitzen schon seit sieben Stunden vor dem Computer.»

Thomas sah auf die Uhr. 18:30 Uhr. «Zeit für den Heimweg», murmelte er und speicherte seine Dateien.

«Wie läuft's denn so im Liebesnest?», grinste Weber.

Die ganze BZSE wusste inzwischen von Thomas und Kai – nicht zuletzt, weil Kai regelmäßig vorbeikam, um Thomas zum Mittagessen abzuholen.

«Sehr gut», antwortete Thomas und wurde leicht rot.

Auch nach vier Monaten war er noch nicht ganz an die neugierigen Fragen seiner Kollegen gewöhnt.

«Grüßen Sie Kai von mir. Und sagen Sie ihm, meine Frau will immer noch das Rezept für seine Lasagne.»

Thomas lachte. «Mache ich.»

Er packte seine Sachen und machte sich auf den Weg nach Hause.

Nach Hause – das Wort hatte eine ganz neue Bedeutung bekommen. Nicht mehr seine sterile kleine Wohnung, sondern Kais – nein, ihre – gemütliche Wohnung in Sachsenhausen.

Nicht eine Sekunde hatten sie ihre spontane Entscheidung bereut, so schnell zusammenzuziehen.

Als er die Haustür aufschloss, wurde er von vertrauten Geräuschen begrüßt: Kai, der in der Küche summte, das Zischen einer Pfanne, leise Musik im Hintergrund.

«Ich bin zu Hause!», rief er.

«Küche!», kam die Antwort.

Thomas hängte seine Jacke an den Haken – gleich neben Kais Arbeitsjacke und den Sicherheitsschuhen, die immer säuberlich daneben standen.

Es war ein kleines Zeichen ihres gemeinsamen Lebens, das ihn jeden Tag aufs Neue glücklich machte.

In der Küche stand Kai am Herd, das Haar leicht zerzaust, ein Kochlöffel in der Hand.

Als er Thomas sah, lächelte er.

«Perfektes Timing. Noch fünf Minuten, dann gibt es Essen.» Er beugte sich vor und küsste Thomas zur Begrüßung. «Wie war dein Tag?»

«Produktiv. Stadtwerke München sind gerettet.» Thomas schlang die Arme um Kais Taille. «Alles vom Computer aus. Keine Schießereien, keine Explosionen, keine Krankenhausaufenthalte.»

«So gefällst du mir.» Kai grinste und rührte in der Soße. «Übrigens, Adrian hat angerufen. Er und Moritz wollten fragen, ob wir nächstes Wochenende Lust auf ein Doppeldate haben.»

«Klingt gut.» Thomas beobachtete, wie geschickt Kai sich in der Küche bewegte. Nach vier Monaten kannte er jede seiner Bewegungen, aber es faszinierte ihn noch immer. «Was kochst du?»

«Deine Lieblingspasta. Mit der Soße, die du so magst.» Kai zwinkerte. «Außerdem haben wir etwas zu feiern.»

«Was denn?»

«Ich habe heute einen neuen Auftrag bekommen. Windpark-Wartung in der Nordsee. Drei Wochen auf einer Plattform.» Kais Stimme wurde leiser. «Ist das okay für dich? Drei Wochen sind lang.»

Thomas drehte ihn zu sich um. «Kai, das ist ein großartiger Auftrag. Natürlich ist das okay.»

«Wirst du mich vermissen?»

«Jeden Tag.» Thomas küsste ihn sanft. «Aber ich bin stolz auf dich. Und außerdem kommst du ja wieder.»

«Immer.» Kai lehnte sich an ihn. «Das hier ist mein Zuhause. Du bist mein Zuhause.»

Sie standen einen Moment so da, umschlungen in ihrer Küche, die Pasta blubberte vor sich hin, und Thomas dachte daran, wie sehr sich sein Leben verändert hatte.

Vor einem Jahr war er nach Feierabend in seine leere Wohnung gekommen, hatte sich ein Fertiggericht warm gemacht und den Abend vor dem Computer verbracht.

Jetzt kam er nach Hause zu Kai, zu geteilten Mahlzeiten, zu Gesprächen über den Tag, zu der warmen Gewissheit, geliebt zu werden.

«Thomas?» Kais Stimme holte ihn aus seinen Gedanken.

«Ja?»

«Die Pasta wird matschig, wenn wir nicht bald essen.»

Thomas lachte.

«Dann lass uns essen.»

Sie setzten sich an den kleinen Esstisch – den Thomas inzwischen als ‚unseren' Tisch betrachtete. Kai erzählte von seinem Tag auf der Baustelle, Thomas von seinem gelösten Fall. Es waren alltägliche Gespräche, aber sie füllten Thomas mit einer tiefen Zufriedenheit.

«Oh, übrigens», sagte Kai zwischen zwei Bissen. «Hast du die Nachrichten gesehen? Paulsen ist aufgewacht.»

Thomas hielt inne.

«Wann?»

«Gestern. Dr. Brandt hat heute Morgen angerufen, als du schon weg warst.» Kai legte eine Hand auf seine. «Er redet noch nicht. Schwere Hirnschäden. Die Ärzte sagen, er wird nie wieder der Alte.»

Thomas nickte langsam.

Ein Teil von ihm hatte gehofft, dass Paulsen aufwachen und vielleicht Antworten auf die Frage nach Hartmann geben würde. Aber ein anderer Teil war fast erleichtert, dass diese Kapitel wirklich abgeschlossen war.

«Tut mir leid», sagte Kai. «Ich weiß, du hattest gehofft…»

«Es ist in Ordnung.» Thomas drückte seine Hand. «Der Fall ist vorbei. Das reicht mir.»

Nach dem Essen räumten sie gemeinsam auf – eine Routine, die sich ganz natürlich entwickelt hatte.

Thomas spülte, Kai trocknete ab, und sie unterhielten sich über Kleinigkeiten. Es war so normal, so alltäglich, so perfekt.

Später saßen sie auf dem Sofa, Thomas mit seinem Laptop auf dem Schoß – er programmierte in seiner

Freizeit an einem Verschlüsselungs-algorithmus –, Kai mit einem Fachmagazin über Windenergie. Die Beine berührten sich, eine leise Jazz-playlist lief im Hintergrund.

«Thomas», sagte Kai plötzlich.

«Hmm?»

«Bereust du es manchmal? Dass du kein Feldagent geworden bist? Dass du wieder nur am Computer sitzt?»

Thomas sah von seinem Laptop auf. «Warum fragst du?»

«Nur so. Du warst so gut in Oldenburg. So mutig.»

Thomas klappte den Laptop zu und drehte sich zu Kai. «Kai, ich war einmal mutig. Und es hat mich fast das Leben gekostet. Und noch wichtiger – es hätte mich fast dich gekostet.»

«Aber…»

«Nein.» Thomas nahm seine Hand. «Mein Platz ist hinter dem Computer. Dort bin ich gut, dort bin ich nützlich, und dort bin ich sicher. Hier bei dir bin ich glücklich.» Er lächelte. «Ich rette die Welt lieber vom Büro oder von zu Hause aus.»

Kai lächelte zurück. «Von unserem Zuhause aus.»

«Von unserem Zuhause aus», bestätigte Thomas.

Sie küssten sich, lang und zärtlich, und Thomas dachte daran, wie perfekt dieser Moment war. Kein Adrenalin, keine Gefahr, keine Explosionen. Nur er und Kai auf ihrem Sofa in ihrer Wohnung, mit der Gewissheit eines ruhigen Abends und einer gemeinsamen Zukunft vor sich.

«Ich liebe dich», murmelte er gegen Kais Lippen.

«Ich liebe dich auch.»

Und draußen vor dem Fenster leuchteten die Lichter der Stadt, die Energie floss durch die Leitungen, die Windräder drehten sich leise in der Ferne, und alles war gut.